안녕, 마틸다

안녕, 마틸다

초판 1쇄 발행 2025년 2월 25일

지은이 김대철
그린이 다슬

펴낸이 김선기
편집주간 조도희
편집 고소영·이선주
펴낸곳 (주)푸른길
출판등록 1996년 4월 12일 제16-1292호
주소 (08377) 서울시 구로구 디지털로 33길 48 대륭포스트타워 7차 1008호
전화 02-523-2907, 6942-9570~2
팩스 02-523-2951
이메일 purungilbook@naver.com
홈페이지 www.purungil.com

ISBN 979-11-7267-038-2 73810

지구 생태환경을 지키는 동화

안녕, 마틸다

푸른길

시아
산소를 만드는 시아노박테리아.
호주 서쪽에 있는 상어만 얕은 바다에 산다.
호기심이 많고 친구와의 의리를 중요하게 생각한다.
콩콩이
시아의 둘도 없는 친구 돌고래.
덜렁대고 덩치에 어울리지 않게 순하다.
다이어트를 위해 시아와 여행을 떠난다.
천천이
시아, 콩콩이와 떠나는 모험에서
길잡이로 함께한 암컷 거북이.
바다에 친구가 많고 경험도 많다.
루나
모튼섬 근처에서 살고 있는 돌고래.
마틸다에게 탕갈루마 리조트를 알려준다.
마틸다
수족관에서 태어난 돌고래.
시아와 콩콩이의 여정에 합류하며
야생에서 살아가는 방법을 배운다.

Australia
이야기 속 친구들
알바
빙산에서 날아오르고 싶은 알바트로스.
바보새가 아님을 증명하고자 여정을 시작했다.
쿼카
세상에서 가장 행복한 동물
퍼스 근처의
로트네스트섬에서만
볼 수 있다.
물개 할아버지
젊었을 때 먼 바다를 여행한 경험으로
시아와 콩콩이에게 남극순환류를 타고
쉽게 여행하는 방법을 알려준다.
델리
길 잃은 새끼 펭귄.
예쁘게 생겼지만 성격이 까칠하다.
엄마를 그리워 한다.

차례

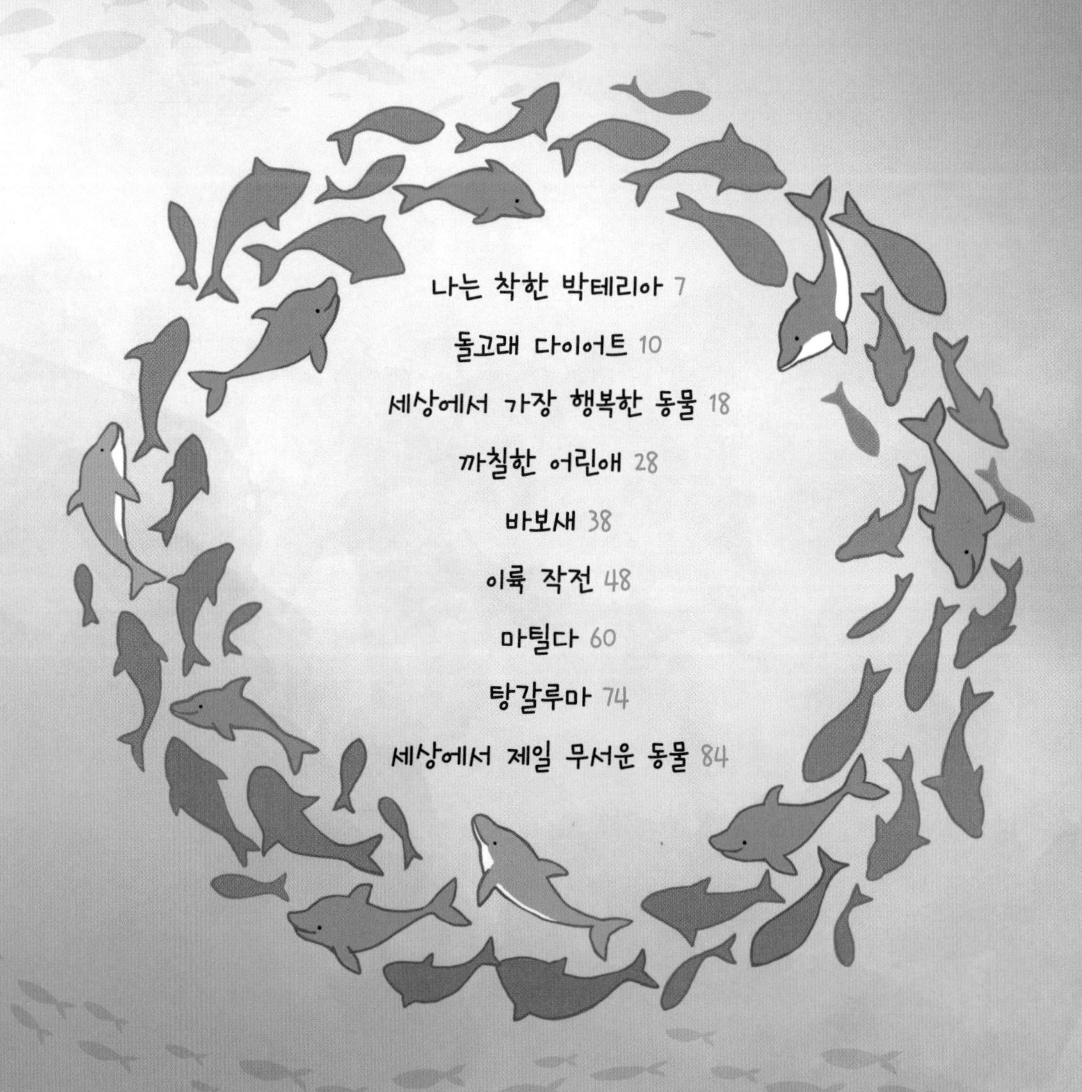

나는 착한 박테리아

햇빛이 쨍한 나른한 오후, 찰랑거리는 상어만 맑은 물에서 바쁘게 일하는 나는, 세상에서 가장 행복한 박테리아! 내 원래 이름은 시아노박테리아인데, 친구들은 나를 시아라고 부른다. 사람들은 박테리아라면 병을 옮기는 무서운 존재로 생각하지만, 나는 착한 박테리아다.

나에게는 아주 특별한 재주가 있다. 얕은 바닷가에 살며, 햇빛을 받으면 산소를 만들 수 있다. 식물이 이산화탄소를 산소로 바꾸는 광합성이나 마찬가지이다. 원래, 지구에는 산소가 없었다. 우리 조상은 원시지구에 산소를 처음 만들어서, 다른 생물들이 살 수 있는 환경을 만들어 냈다. 우리가 아니었다면 지구에 생명이 생길 수 있었을까?

이것 말고도 내가 정말로 자랑스럽게 생각하는 더 중요한 게 있다. 우리는 지구 최초의 생명체이다. 내가 사는 호주의 35억 년 전 지층에서 우리 조상의 화석이 발견되었는데, 이게 지구상에서 가장 오래된 생물 화석 중 하나라고 한다. 앞으로 더 오래된 화석이 발견될지도 모르지만, 아직은 우리 조상님이 짱이다.

나는 바닷물에 있는 작은 알갱이들을 모아 검은색의 석회암을 만든다. 그 돌이 '스트로마톨라이트'이다. 상어만에는 관광객들이 많이 오는데 내가 아니고 이 돌을 구경하고 돌아간다. 내가 만든 돌인데, 내 공로에는 별 관심 없는 것 같다. 어쨌거나 우리가 만든 스트로마톨라이트는 호주에만 있는 것이 아니라 전 세계 곳곳에서 어렵지 않게 볼 수 있다.

내가 살고 있고 스트로마톨라이트로 유명한 상어만은 호주 서쪽 바다 인도양을 향해 뻗은, 기다란 두 개의 반도로 이루어진 만이다. 지형이 마치 상어 이빨처럼 날카롭게 생겨서 그렇게 부른다.

시아노박테리아는 어떤 일을 할까요?

시아노박테리아는 광합성을 하는 박테리아로, 주로 햇빛이 도달하는 얕은 바다에서 살아요. 이들은 산소가 없던 원시 지구에 최초로 산소를 만들었으며, 그 산소는 생명체가 출현하는 데 중요한 역할을 했어요. 예를 들어, 생물이 호흡할 수 있게 해 주고 자외선을 차단하는 오존층을 만들었지요. 산소는 철광석(철의 원료)을 만드는 데에도 중요한 역할을 했습니다. 시아노박테리아는 식물의 엽록체로도 진화해, 오늘날 식물들이 광합성을 할 수 있도록 도와주었어요. 참 대단하지 않나요?

좀 더 알아보기

상어만

호주 상어만의
하멜린 풀(Hamelin Pool)에는
세계에서 가장 잘 보존된
스트로마톨라이트가 있어요.
스트로마톨라이트는
시아노박테리아가 수백만 년 동안
층층이 쌓여서 만들어진 돌이랍니다.

상어만 스트로마톨라이트

석회암은 모두 스트로마톨라이트인가요?

석회암은 우리 주변에서 흔하게 볼 수 있는 돌인데, 바다에서 만들어져요.
칼슘과 탄소로 이루어진 탄산칼슘이 주성분인데 바닷물에 많이 녹아 있지요.
적당한 조건이 되면, 쉽게 고체로 될 수 있고, 이것이 쌓여서 오랜 시간
다져지면 석회암이 된답니다.
우리가 바닷가에서 흔히 볼 수 있는 굴이나 조개껍데기 같은 것들이
바로 탄산칼슘이지요.
아주 작은 크기의 플랑크톤인 유공충도 같은 성분으로 되어 있어요.
그래서 석회암이 있으면 그 지역이 과거에 바다였다는 것을 알 수 있지요.
석회암을 만드는 생물은 이처럼 다양해요.
스트로마톨라이트는 석회암 종류 중 하나일 뿐이랍니다.

돌고래 다이어트

나에게는 돌고래 콩콩이와 거북이 천천이라는 두 절친이 있다. 우리 셋은 모두 모험을 좋아한다. 그래서 의기투합하여 심해 해저화산도 갔고, 한국의 동해와 독도도 탐험했다. 우리는 바다에서 가장 유명한 탐험가 삼총사다.

탐험가 삼총사

정말 오랜만에 콩콩이가 상어만에 놀러 왔다.

'우당탕, 쿵쾅'

"아이고, 여기 입구가 왜 이리 얕아졌지?"

나는 오랜만에 듣는 콩콩이 목소리에 반가워서, 일부러 크게 소리를 지르면서 말했다.

"무슨 소리야? 지구 온난화 때문에 해수면이 올라가 오히려 더 깊어졌는데?"

하지만 숨이 차 헉헉거리며 다가온 콩콩이를 본 순간 바로 이해가 갔다.

"야, 너?"

콩콩이가 부끄러운 듯이 대답했다.

"알아. 나 뚱뚱해졌지?"

걱정되는 마음에 나도 모르게 한마디 했다.

"어떻게 된 거야? 날쌔고 힘 좋은 내 친구 돌고래 콩콩이는 어디 갔어? 이 몸으로 먹이는 어떻게 쫓아다녀?"

내 속사포 질문에 풀이 죽은 콩콩이가 덩치에 어울리지 않게 기어들어가는 소리로 대답했다.

"실은…."

대답을 재촉하는 내 눈빛에, 망설이던 콩콩이가 사실대로 고백했다.

"사냥할 필요가 없었어. 먹을 것이 공짜로 생겼거든."

나는 이해가 가지 않았다.

"무슨 소리야? 네가 입 벌리고 있으면 물고기가 저절로 네 입에 들어오니?"

내 농담에 콩콩이가 진지한 표정으로 대답했다.

“네 말이 맞아. 내가 힘들게 사냥할 필요 없이 공짜로 주는 먹이를 먹다 보니 이렇게 비만이 됐어. 살이 찌니까 점점 더 돌아다니기 싫어지게 되더라고.”

콩콩이의 고백은 이랬다. 상어만 건너편에 리조트가 생기고 야생 돌고래에게 먹이 주는 프로그램이 시작되었다. 밥 주는 시간에 맞추어 가면, 많은 관광객 중에 선택된 몇 사람이 먹이를 준다. 그래서 많이 움직이지 않고도 밥을 받아먹다 보니 비만이 된 것 같다고 했다.

“그럼 다른 돌고래 친구들도 다 살쪄서 너처럼 뒤뚱거리니?”

콩콩이는 뒤뚱거린다는 내 표현에 자존심이 상했는지, 눈을 흘기면서 대답했다.

“그렇지는 않아. 걔들은 먹은 다음에 신나게 바다를 돌아다니지. 나는 게을러져서 멀리 안 가고, 주로 그 부근에서 낮잠을 잤어. 그러다가 식사 시간이 되면 거기 가서 매일같이 배부르게 먹었더니, 이렇게 된 거야.”

“결국 자기관리에 실패한 거네?”

나는 일부러 더 심하게 콩콩이를 몰아세웠다. 마음이 착하고 여린 콩콩이가 스스로 이 상황을 벗어나게 하는 데 도움이 되리라 생각해서였다.

“맞아. 그러다가 깨달았지. 이 상황을 벗어나려면 친구의 도움이 필요하다고 말이야. 그래서 널 찾아온 거야.”

나는 가슴이 뭉클했다. 이 덩치 큰, 순진한 친구가 내 도움이 필요하다는 것이 너무나 좋았다.

“콩콩아 너무 걱정하지 마. 나에게 좋은 생각이 있어.”

나는 콩콩이의 기대에 찬 눈을 바라보며, 절대 거절하지 않을 제안을 했다.

“나랑 같이 여행을 떠나자. 여기를 벗어나 넓은 바다로 나가서 먹이를 쫓아다니다 보면 자연스럽게 다이어트가 될 거야. 다시 예전의 날렵한 몸매를 찾을 수 있어.”

콩콩이의 입이 한없이 벌어졌다. 기분이 아주 좋을 때의 표정이다.

“고마워, 시아야. 역시 넌 내 친구야. 난 지금 날아갈 것 같아.”

나는 빙그레 웃었다. 친구가 좋아하는 모습을 보는 건 항상 즐겁다.

“너는 돌고래야. 새가 아니라고. 어딜 날아가?”

내가 놀리거나 말거나, 콩콩이는 한껏 달아올랐다.

“어디로 가는데? 계획이 있는 거야?”

나는 일부러 바로 대답하지 않고 콩콩이를 조바심 나게 했다. 콩콩이의 결심이 필요했기 때문이었다.

“콩콩아. 우리가 함께 여러 차례 모험했지만, 이번이 제일 힘들고 위험할지도 몰라. 너 중간에 포기하면 안 돼.”

성질 급한 콩콩이가 무슨 소리냐는 표정을 지었다.

“시아야. 우리는 용암이 분출하는 깊은 바다도 갔었고 저 멀리 한국의 동해와 독도까지 여행했잖아. 나는 전혀 두렵지 않아.”

하지만 내 설명을 듣고서는 웃음기가 사라졌다.

“그때는 우리의 길잡이, 거북이 천천이가 있었잖아. 길을 잃을 걱정이 전혀 없었지. 이번엔 천천이 없이 우리 단둘이서 먼 길을 가야 해. 감당할 수 있겠어?"

콩콩이가 이상하다는 듯이 물었다.

"천천이에게 같이 가자고 하면 되잖아. 내가 연락해 볼게."

"이미 연락해 봤어. 같이 여행하는 건 불가능해. 지금 알 낳으러 갔거든."

"어디로 갔는데? 오랜만에 친구 천천이가 보고 싶은데 우리가 그리로 가면 안 될까?"

콩콩이 입에서 바로 내가 기다리던 제안이 튀어나왔다.

"그렇지 않아도 올 수 있으면 거기로 오라고 연락 받았어. 호주 동북쪽에 있는 대보초야."

대보초란 말에 콩콩이의 눈이 반짝거렸다.

"대보초라면 바로 세상에서 가장 크고 길다는 산호초? 매우 아름답다는 소문은 들었어."

나도 맞장구를 쳤다.

"엄청나게 크고 길어서 우주에서도 보인다고 하지. 나도 가 보고 싶어. 그런데 문제는 너무 멀다는 거야."

콩콩이가 특유의 쾌활한 표정으로 자신 있게 말했다.

"걱정하지 마. 그래 봐야 동해나 독도보다 가깝겠지. 게다가 같은 남반구에 있잖아. 적도를 지나갈 일 없으니 별자리도 익숙해서 문제없어. 장거리 여행하면 자연스럽게 날씬해지기도 할 거고."

성질 급한 콩콩이 마음은 벌써 먼 바다에 가 있었다. 나는 조심스럽게 말했다.

“이곳 상어만에서 대보초 가는 길은 두 가지가 있어. 첫째는 호주의 북쪽으로 가는 길이고, 두 번째는 남쪽을 돌아서 태즈메이니아섬과 시드니를 거쳐 북으로 가는 길이야. 거리는 거의 비슷한 것 같아.”

콩콩이가 시원스럽게 결론을 내렸다.

“두 번째 길이 좋겠어. 북쪽은 지난번에 동해 갈 때 갔었으니 새로운 길을 개척한다는 의미가 있지. 그리고 남쪽으로 가면 남극이 가까우니 빙산도 볼 수 있을 거야. 대신 좀 춥겠지만.”

“맞아. 여긴 남반구니까 남쪽으로 갈수록 춥겠지. 대신 새로운 친구들도 많이 만날 수 있을 거야.”

나는 예전에 하던 대로 콩콩이의 코에 올라타서 호기롭게 소리쳤다.

“남극원정대 출발!”

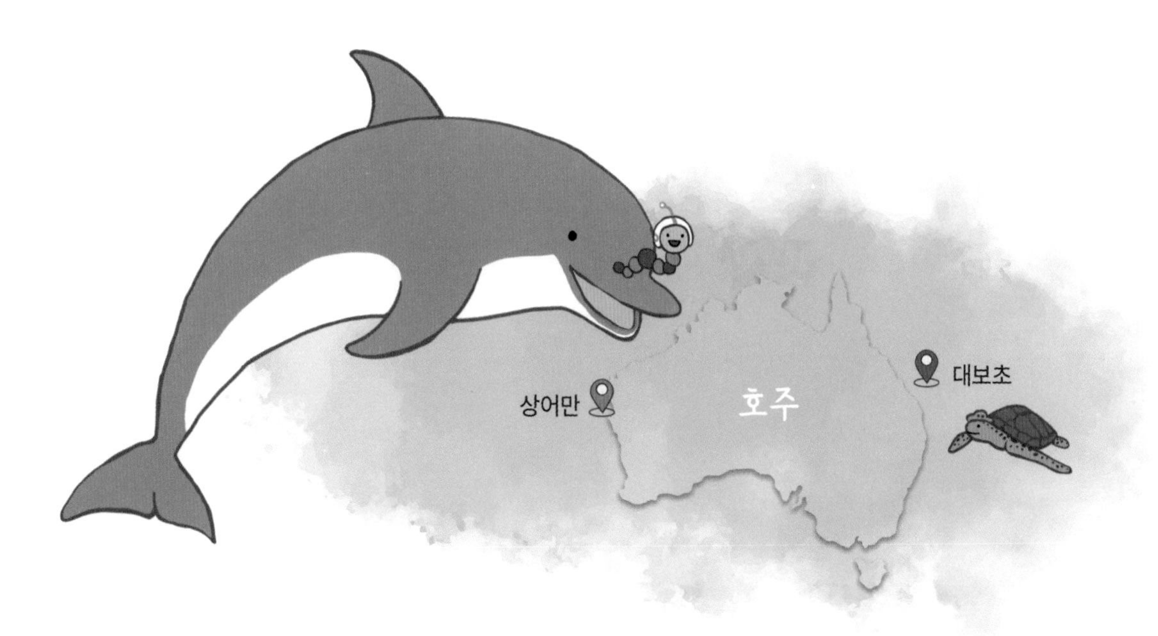

상어만

로트네스트섬

퍼스

Australia

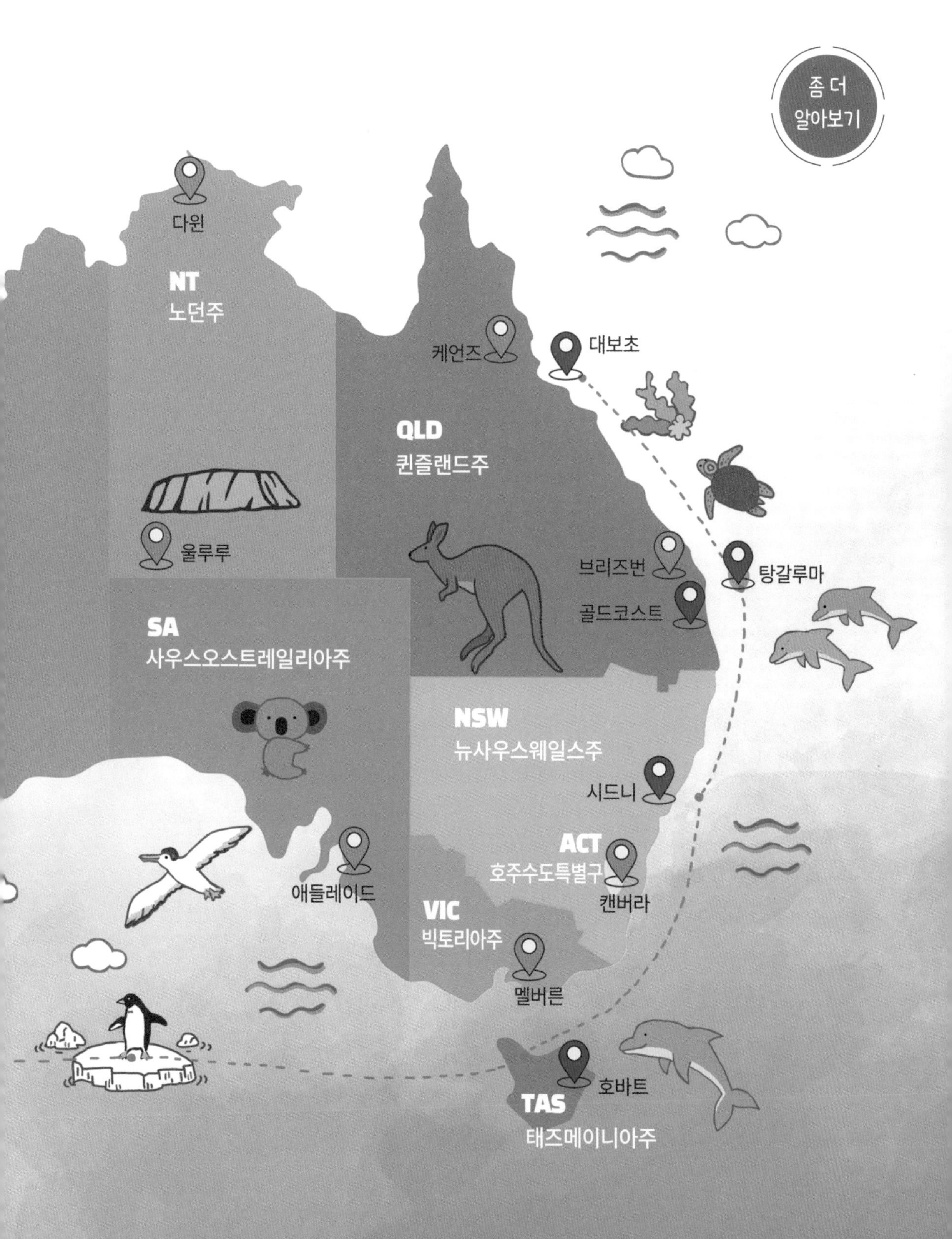
좀 더
알아보기
다윈
NT
노던주
케언즈
대보초
QLD
퀸즐랜드주
울루루
브리즈번
탕갈루마
골드코스트
SA
사우스오스트레일리아주
NSW
뉴사우스웨일스주
시드니
ACT
호주수도특별구
캔버라
애들레이드
VIC
빅토리아주
멜버른
호바트
TAS
태즈메이니아주

세상에서 가장 행복한 동물

우리는 상어만을 떠나 남쪽으로 헤엄쳐 갔다. 호주 대륙 해안선을 따라 이동했기 때문에 천천이가 없어도 길 잃을 걱정은 없었다. 며칠 후, 큰 도시가 보이기 시작했다.

"저기가 퍼스야. 우리가 사는 웨스턴오스트레일리아주의 주도이고 웨스턴오스트레일리아주에서 제일 큰 도시야. 나도 여기까지는 와 봤어."

나는 콩콩이의 설명을 들으며 도시를 바라보았다. 높은 빌딩은 별로 없고, 바닷가에 멋진 집들이 가지런히 세워진 예쁜 도시였다.

조금 더 가니 자그마한 섬이 하나 보였다. 예전에 동해 갈 때 보았던 한국의 제주도 옆에 있는 우도보다 두어 배 정도 커 보였다. 모래사장이 보이는 아주 예쁜 섬이었다. 물개와 갈매기도 많았다.

섬에 뭐가 있는지 궁금해진 나는 문득 섬에 상륙하고 싶었다. 땅에 오를 수 없는 콩콩이가 섬 앞 바위에 나를 내려주었다. 바위 위에서 두리번거리고 있는데, 갑자기 눈앞에 쥐처럼 생긴 동물이 나타났다. 쥐치고는 아주 커서, 거의 고양이만 했다. 처음 보는 동물이었다. 자세히 보니, 쥐도 아니고 그렇다고 고양이도 아니었다. 털은 갈색이었는데 나를 본척만척 땅에 떨어진 나뭇잎을 먹기에 바빴다.

"넌 누구니?"

내 당돌한 질문에 고개를 돌려 다가왔다. 웃는 얼굴이었지만 덩치 큰 친구가 다가오니 무서워서 나도 모르게 움찔했다.

"나는 쿼카라고 해. 잔디와 나뭇잎을 좋아하는 초식동물이라 너를 잡아먹을 일은 없으니 안심해도 돼."

자세히 보니 쿼카는 아주 예쁘게 생긴 동물이었다. 쥐처럼 꼬리가 길기는 하지만, 계속 웃는 표정을 지어서인지 무섭다는 생각이 싹 사라졌다. 오히려 귀엽다는 생각이 들었다. 용기가 생긴 나는 궁금한 것을 묻기 시작했다.

"너처럼 큰 쥐는 처음 봐. 쿼카라는 이름도 처음 들었고. 서호주에 사는 내가 왜 몰랐지?"

쿼카가 그럴 줄 알았다는 표정으로 킥킥댔다.

"호주에서 나를 모르다니. 그건 간첩 아니면 아주 무식한 거야."

쿼카는 여전히 웃는 얼굴이었다. 당황하는 내 표정을 장난스럽게 살피더니 다시 말했다.

"농담이야. 그런데 너는 어디서 왔니?"

나는 내가 살던 상어만과 스트로마톨라이트를 설명했다. 쿼카가 알겠다는 듯이 고개를 끄덕였다.

"아! 네가 그 유명한 시아구나! 몰라봐서 미안. 우리 섬에 온 걸 환영해. 우리, 친구로 지내자. 그런데 너희는 삼총사잖아. 콩콩이는 저기 물가에 있는 것 같은데 천천이는 어디 있니?"

나는 천천이가 알을 낳으러 가서 만나러 가는 중이라고 했다. 쿼카가 자기소개를 했다.

"나는 쥐가 아니야. 캥거루 사촌이야."

나는 깜짝 놀랐다. 그런 나를 재미있다는 듯이 쳐다보다가 자기 배를 툭툭 건드렸다. 그러자 무슨 일이냐는 듯이 조그만 새끼가 주머니에서 빼꼼히 고개를 내밀었다가 도로 쏙 들어갔다. 다시 여느 때처럼 웃는 얼굴로 돌아온 쿼카가 설명을 이어갔다.

"우리처럼 배에 새끼주머니가 있는 동물을 유대류라고 하는데 네가 아는 캥거루나 왈라비가 제일 유명하지. 하지만 유대류는 종류가 많아. 우리같이 아주 작은 종족들도 있지. 그런데 우리는 이 섬에만 살아. 그래서 네가 몰랐을 거야."

그러면서 쿼카가 갑자기 질문을 던졌다.

"너 이 섬 이름 아니?"

내가 모른다고 하자, 쿼카가 자랑스레 말했다.

"여기는 '로트네스트섬'이야. 네덜란드어로 '쥐 둥지 섬'이라는 뜻인데, 이 섬을 처음 발견한 네덜란드 사람들이 우리를 쥐로 알고 붙인 이름이

좀 더 알아보기

로트네스트섬 ROTTNEST ISLAND

세상에서 가장 행복한 동물, 쿼카

퍼스에서 가까운 로트네스트섬에는 "세상에서 가장 행복한 동물"이라고도 불리우는 귀여운 웃는 얼굴로 유명한 쿼카라는 작은 동물이 살고 있어요.
호주에서도 이곳에서만 볼 수 있는 쿼카는 캥거루처럼 배에 주머니가 있어 아기 쿼카를 넣고 다녀요. 풀과 잎을 먹으며 주로 밤에 활동하고, 사람들에게도 친근한 동물이지만 쿼카는 야생 동물이기 때문에 쿼카를 만지거나 먹이를 주는 것은 불법이에요!
만약 쿼카를 만지면 벌금을 내야 할 수도 있어요.
로트네스트섬에서 쿼카를 보호하기 위해서 이런 규칙이 생겼어요.

라고 해. 그 사람들 눈에는 이 섬을 온통 큰 쥐들이 점령한 것으로 보였겠지. 그래서 과거에는 식량을 축내는 해로운 동물로 알고 잡기도 했었대. 이제는 우리를 보호해서 안심하고 잘 살고 있지. 아직 멸종 위기를 벗어나지는 못했지만, 제법 숫자도 많이 늘었어. 이 섬에 우리를 보러 오는 관광객도 많아."

쿼카는 눈치가 빨랐다. 표정만 보고 내가 무엇을 가장 궁금해하는지 바로 알았다.

"우리가 본토에는 없고 이 섬에만 있는 이유는, 오직 이 섬에만 천적이 없기 때문이야. 즉 여기엔 우리를 잡아먹을 동물이 없다는 이야기지."

나는 당연히 천적이 누구냐고 물었다.

"그건 호주에 사는 야생 들개 딩고야. 본토에 살던 우리 친척들은 딩고나 여우에게 멸종당했어. 캥거루나 왈라비는 빠르니까 딩고에게서 도망치는 데 별문제가 없지만, 우리는 느려서 딩고의 밥이 됐지. 다행히 여기는 본토에서 상당히 떨어져 있는 섬이야. 딩고가 바다를 건너올 수 없는 거리여서 우리가 살아남았지."

"그러면 여기가 너희들의 천국이네. 사람들이 보호해 주고, 천적도 없으니 아주 살기 좋은 곳이겠어. 그런데 너는 뭐가 즐거워서 항상 웃니? 웃음을 귀에 달고 다니네."

쿼카는 이런 질문을 많이 받는다고 했다.

"우리 별명이 '세상에서 가장 행복한 동물'이야. 이 섬에는 먹을 것이 풍부해. 곳곳에 널려 있지. 게다가 우리는 남하고 싸울 일도 없어. 난 행복이 뭔지 모르지만, 그냥 매일매일 즐거워. 아마도 우리가 땅 위에 널린 나뭇잎에 만족하는 것이 사람들이 말하는 행복이 아닐까?"

나는 그래도 잘 이해가 가지 않았다.

"여기 섬에만 갇혀 있으면 답답하고 우울하지 않니?"

쿼카는 내 질문에 의외라는 듯이 쳐다보다가, 주변을 둘러보라고 했다.

"잘 봐. 뭐가 보이니?"

주변에는 여기저기 검고 반짝이는 동그란 덩어리들이 많았다. 모양은

토끼 똥 비슷한데 크기가 약간 더 작은 듯했다. 쿼카가 말했다.

“예쁘지 않니? 우리 똥이야. 크기도 생긴 것도 똑같아. 나보다 잘난 친구도, 못난 친구도 있겠지만, 우리는 같은 것을 먹고 같은 모양의 똥을 싸. 똥만 보면 누가 더 잘났는지 더 예쁜지 차이가 없지. 아마 그게 행복의 비결일 거야.”

그러다 갑자기 생각이 난 듯 쿼카가 질문을 했다.

“그런데 섬이 점점 가라앉는 것 같아서 걱정인데, 혹시 너 왜 그런지 아니? 넌 세상을 많이 돌아다녔으니 이유를 알 것 같아서 물어보는 거야.”

“섬이 가라앉는다니 그게 무슨 소리야? 배도 아니고.”

내가 황당하다는 표정을 지으니까 쿼카가 진지하게 말했다.

“실제로 가라앉고 있어. 바닷물이 자꾸 올라와.”

나는 그제야 상황이 이해가 갔다.

“그건 섬이 가라앉는 게 아니고 바다가 높아지는 거야. 나도 다른 친구에게 들었는데, 잘은 모르지만, 지구 온난화로 빙하가 녹아서 그렇대.”

쿼카의 표정이 조금 어두워졌다.

“큰일이네. 지구 온난화나 해수면 상승 같은 이야기를 듣기는 했었지. 그런데 그런 건 남의 이야기로 알았더니, 바로 코앞에 닥친 위기네. 방법이 없을까?”

나도 답답하기는 마찬가지였다.

“나도 해결책은 몰라. 왜 그런지도 모르는걸?”

쿼카는 타고난 낙천가였다. 내 대답을 듣는 둥 마는 둥, 다시 귀엽고 명

랑한 얼굴로 돌아왔다.

"그건 그렇고, 너희는 어디로 갈 거니? 길은 아니?"

나는 잘됐다 싶어서 남쪽으로 가는 길을 물었다.

"우리는 호주 남쪽을 돌아서 동북쪽에 있는 대보초까지 갈 예정이야. 물론 호주 대륙 해안을 따라서 계속 가면 되는 건 아는데, 혹시 더 편한 길 알고 있으면 알려 줄래?"

쿼카는 우리 목적지를 알고서는 깜짝 놀라는 눈치였다.

"정말이야? 그 먼 데를 간다고? 단둘이서? 두 달도 더 걸릴 텐데…."

하지만 흔들림 없는 내 표정을 보자, 말을 바꾸었다.

"참, 너희는 유명한 모험가들인데 내가 깜빡했네. 미안. 나야 이 섬을 벗어난 적이 없어서 잘 모르지만, 여기 사는 물개들은 잘 알 거야. 걔들은 먼바다를 다니기도 하니까. 한 번 물어보자."

물개들도 잘 모르겠다고 고개를 저었다. 모두 한결같이 그렇게 먼 데를 어떻게 가느냐고 걱정하기도 하고, 일부는 무모하다고 말리기도 했다. 와글와글 떠드는 소리에 할아버지 물개가 나타났다. 젊었을 때 여행을 많이 다녔다고 자랑했다.

"대보초까지 가겠다고? 정말 용감하네. 젊음이 부럽구나. 나도 거기까지는 못 가 봤지만 대신 태즈메이니아까지는 갔었지. 내가 거기까지 편하게 가는 방법을 알려

주마. 이건 내 경험인데, 자연의 힘을 이용하는 거란다.”

할아버지 물개는 나와 콩콩이에게 아주 중요한 정보를 주었다.

“그렇게 먼 거리를 여행하려면 체력을 아껴야 해. 여기서 남극을 향해서 남쪽으로 쭉 내려가면, 동쪽으로 흐르는 해류를 만날 거야. 그걸 타면 훨씬 쉽게 태즈메이니아까지 갈 수 있어. 태즈메이니아는 호주 대륙의 남동쪽 끝에 있는 섬이니까.”

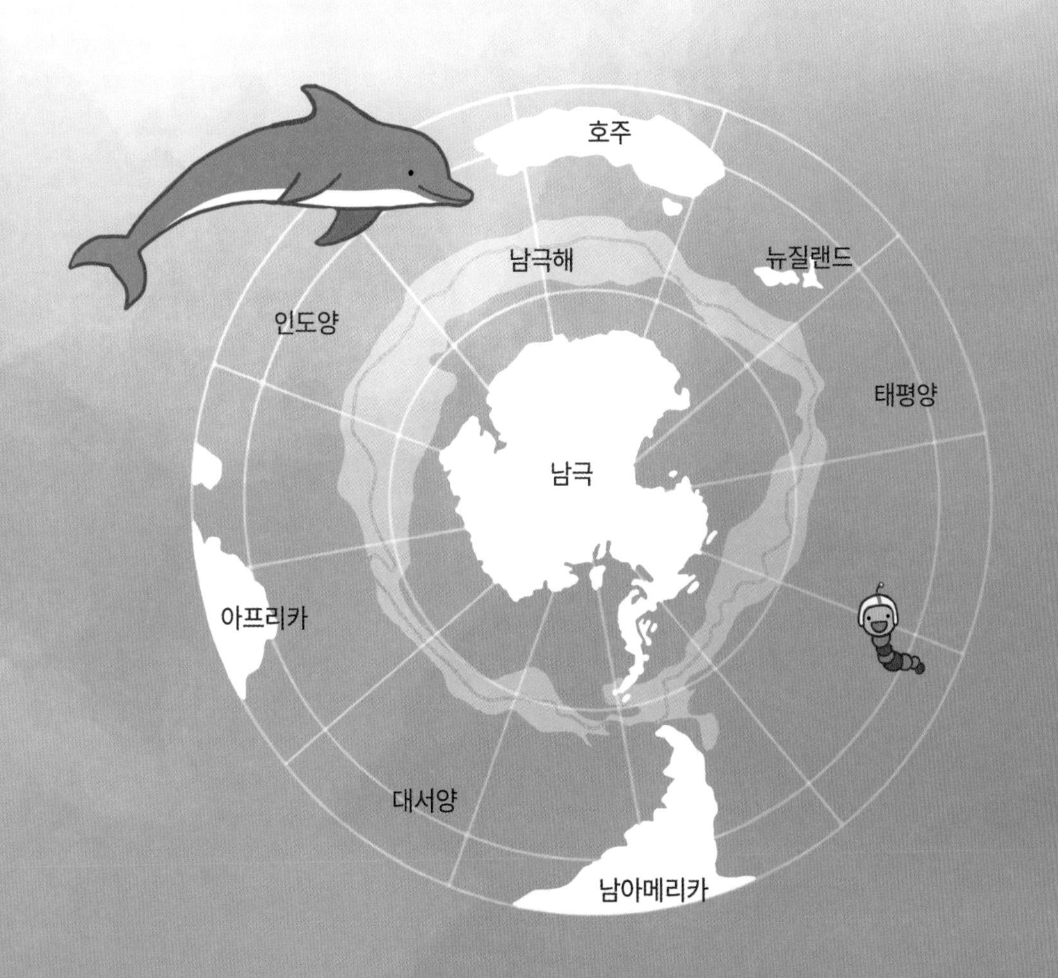

이거야말로 정말 우리들에게 필요한 정보였다. 물개 할아버지의 설명은 계속 이어졌다.

"이 해류는 엄청나. 지구상에서 가장 큰 해류이고, 남극을 둘러싸고 시계 방향으로 빙빙 돌기 때문에 '남극순환류'라고 해. 마치 거대한 강이 남극을 돌고 있는 것과 마찬가지야. 그러니까 이걸 타면 동쪽으로 쉽게 이동할 수 있는 거지. 별로 힘들이지 않고 태즈메이니아까지 편하게 갈 수 있단다. 다만 한류라서 아주 차갑지."

"고맙습니다, 할아버지."

우리는 '세상에서 가장 행복한 친구' 쿼카의 배웅을 뒤로하고 남극 방향으로 길을 떠났다.

좀 더 알아보기

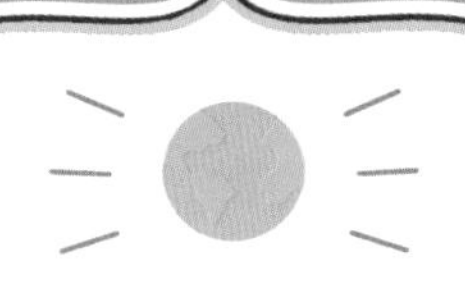

지구가 더워지면 어떤 일이 생길까?

지구가 점점 더워지면서,
빙하가 빠르게 녹고 있어요.

해수면이 높아지면서
바닷물에 잠기는
섬나라가 생기고 있어요.

투발루

키리바시

투발루와 키리바시는
호주 동쪽 태평양에 위치한 작은 섬나라로,
기후변화로 인해 섬들이 점점 바다에 잠기고 있어
많은 주민들이 고향을 떠나야 하는
상황이에요.

기후난민

기후변화로 인해 집이나 고향을 잃고 다른 곳으로 이주해야 하는 사람들을 말해요.
호주는 기후난민들을 매년 받아들이며, 특히 태평양 섬나라에서 이주한 사람들에게
새로운 삶의 터전을 제공하고 있어요.

까칠한 어린애

남쪽으로 갈수록 점점 추워졌다. 공기도 차갑고 바닷물도 차가워졌다. 호주 대륙이 시야에서 사라지고 며칠이 지나서야 드디어 거짓말처럼 바닷물이 동쪽으로 흐르는 게 느껴졌다. 물개 할아버지가 말했던 남극순환류에 도달한 것이다.

"야호! 드디어 해류를 타게 됐다. 물개 할아버지 말이 맞았어. 헤엄치는 데 힘이 덜 드니까 정말 편하네."

콩콩이는 신이 났다. 그간 혼자 헤엄치느라 고생했는데, 마음의 여유가 생겼는지 여기저기 두리번거리기도 했다. 남극은 보이지 않았지만, 가까워서인지 주변에 빙산이 많았다.

탁자처럼 생긴 빙산이 우리와 같은 방향으로 해류를 타고 흘렀다. 남극의 빙산은 평평하다더니 실감이 났다. 어떤 것은 어마어마하게 커서, 거의 조그만 섬으로 느껴질 정도였다. 콩콩이는 빙산을 앞서거니 뒤서거니 하면서 해류를 따라 헤엄을 쳤다.

"시아야. 저기 빙산 위에 뭔가 있는데 그게 뭘까?"

시력이 뛰어난 콩콩이가 앞에 있는 거대한 빙산에서 검은 물체를 발견했다. 호기심이 생긴 우리는 열심히 헤엄쳐서 빙산에 접근했다. 자세히 보니, 조그만 동물이었다.

"콩콩아. 난 저런 동물 처음 봐. 넌 본 적 있니?"

콩콩이도 잘 모르겠다는 표정을 지었다. 우리는 궁금해서 빙산에 바짝 접근했다. 멀리서 보니, 배는 희고 등은 검은색 털로 덮여 있었다. 물개처럼 잠수해서 사냥하는 동물인 것 같았다, 빙산에서 물속으로 뛰어내렸다가, 조금 후에 다시 올라오기도 했다. 콩콩이가 머리를 좌우로 갸우뚱거리며 혼자 중얼거렸다.

"생긴 건 새 같은데, 물속을 자유자재로 헤엄치는 것을 보니 새끼 물개인가?"

마침 그 동물이 물속에서 나와 빙산에 오르는 중이었다. 나도 모르게 소리쳤다.

"콩콩아, 얘는 아무래도 새끼 오리 같아. 부리도 있고 물갈퀴도 있잖아. 걷는 것도 오리처럼 뒤뚱거리고."

우리의 대화를 들었는지, 뒤뚱거리며 아장아장 걸어가던 동물이 우리를 향해 몸을 돌렸다. 아주 귀엽고 예쁜 얼굴이었다. 특히 눈가에 검은 테두리가 있어서, 마치 화장한 것 같은 모습이었다. 하지만 그런 예쁜 얼굴과 어울리지 않는, 예상치 못한 거친 대답이 돌아왔다.

“너희들 누구야? 정말 무식하네. 이 동네 터줏대감인 나를 모른다고? 뭐 물개? 오리? 이건 엄청난 모욕이야. 난 이 세상에서 제일 예쁜 새라고.”

속사포 같은 말 폭탄에 우리는 할 말을 잃었다. 잠시 후, 어색한 침묵을 깨고 내가 조용히 말을 걸었다.

“몰라봐서 미안해. 우리가 호주 촌놈이라 너를 처음 봐서 그래. 우리를 먼저 소개할게. 나는 박테리아 시아고, 얘는 내 친구 돌고래 콩콩이야.”

그간 처음 만난 친구들에게 우리를 소개하면 백이면 백 모두 바로 알아봤다. 우리 삼총사의 이름이 널리 알려져서였다. 하지만 기대와는 달리 또 열받는 대답이 돌아왔다.

“어쩐지. 호주 촌놈들이니까 나를 모르지. 잘 기억해 둬. 나는 아델리야. 내 친구들은 나를 델리라고 불러.”

“아델리라면, 아델리펭귄?”

내 대답에 델리는 한심하다는 표정을 지었다.

“어떻게 펭귄을 모를 수 있니? 더구나 그중에서도 가장 유명한 남극의 신사 아델리펭귄을.”

나는 아차 싶었다. 남극에 펭귄이라는 새가 산다는 것은 어렴풋이 알고 있었다. 그러나 새라고 하길래, 막연히 갈매기처럼 날아다니는 새로 잘못 생각하고 있었다. 펭귄이 이렇게 몸통보다 작고 짧은 날개로 걷거나 헤엄치는 새라는 것은 상상도 못했다. 나는 계속해서 너무 세게 나오는 델리에게 약간 화가 났지만, 짐짓 점잖게 말했다.

"미안해, 유명하신 분을 몰라봐서. 우리는 펭귄을 본 적이 없거든. 어쨌든 만나서 반갑다. 그런데 이 큰 빙산에 왜 너 혼자 있니?"

델리는 감정의 기복이 심한 듯 갑자기 풀이 죽어서 조용히 대답했다.

"얼음 위에서 정신없이 신나게 놀고 있었는데, 내가 놀던 얼음이 남극에서 분리됐었나 봐. 빙산이 워낙 크니까 한참 지난 다음에야 알았어. 알았을 땐 남극 대륙이 까마득히 멀어져서 보이지도 않았어."

그간 가만히 대화를 듣고 있던 콩콩이가 끼어들었다.

"너희는 무리를 이루어 살지 않고 각자 따로 사니? 왜 헤엄쳐서 무리로 돌아가지 않니?"

궁금해서 물어보는 콩콩이의 질문에, 델리가 갑자기 울기 시작했다.

"실은, 엄마 말을 안 듣고 제멋대로 멀리 갔다가 빙산이 떨어져 나가서 이렇게 된 거야. 엄마가 요즘에 남극이 따뜻해져서, 얼음이 잘 녹는다고 했어. 그래서 쉽게 깨지니 위험하다고 멀리 가지 말랬는데, 내가 말을 안 들어서 그래. 엄마가 보고 싶어."

우리는 델리를 겨우 달랬다. 내가 위로의 말을 건넸다.

"너무 걱정하지 마. 너는 수영을 잘하니까 돌아갈 수 있을 거야. 이 빙산이 남극에서 떨어져 나온 지 얼마나 됐니?"

"일주일이 넘었어."

아직도 훌쩍이던 델리가 대답했다. 그 말을 들은 콩콩이가 고개를 좌우

로 저었다.

“그렇다면 불가능해. 해류가 강해서 일주일이면 이미 상당히 멀리 왔을 거야. 더구나 얘는 아직 어려서 자기가 살던 정확한 위치도 모를 거고, 아무리 수영을 잘한다 해도 아직 그런 장거리는 못 갈 걸.”

“너 몇 살이니?

갑작스러운 내 질문에 더욱 풀이 죽은 델리가 기어들어 가듯이 조그만 소리로 대답했다.

“6개월이야.”

델리는 보기보다 더 어린애였다. 우리 삼총사를 몰랐던 게 이해가 갔다. 그러더니 갑자기 콩콩이를 보고 애원하기 시작했다.

“콩콩이 형. 나 좀 도와줘. 우리 집으로 돌아갈 수 있게. 엄마가 보고 싶어. 형은 수영을 잘하잖아.”

델리의 성격은 종잡을 수 없었다. 그간 거만하게 굴더니 갑자기 콩콩이를 형이라고 부르면서 달라붙었다. 마음 약한 콩콩이가 난감한 표정을 지었다. 한참을 생각하던 콩콩이가 말했다.

“델리야. 너를 도와주고 싶지만 내 능력으로는 안 돼. 이 해류를 거슬러 반대 방향으로 가는 것도 힘들지만, 문제는 네가 온 곳을 찾을 방법이 없어. 남극 주변은 온통 얼음이라 바다에서 보면 거의 비슷비슷하게 보여. 하늘에서나 봐야 겨우 찾을 수 있을 것 같은데, 그건 불가능하잖아.”

델리는 실망하는 눈치였다. 내가 콩콩이에게 말했다.

“콩콩아, 다른 방법이 없을까? 이 해류는 남극 주변을 도니까, 시간이

지나면 원래 위치로 갈 수 있지 않을까?"

그러자 델리가 기대에 찬 눈으로 콩콩이를 바라보았다. 하지만 콩콩이의 대답은 델리를 더욱 절망에 빠뜨렸다.

"시아야, 남극대륙이 얼마나 큰지 아니? 호주보다 훨씬 더 커. 이 해류가 대륙을 한 바퀴 돌려면 여러 해가 걸릴 거야. 더구나 몇 년 후에 같은 장소로 돌아온다는 보장도 없지."

한숨을 쉬면서 콩콩이가 한마디 덧붙였다.

"더 큰 문제는 시간이 지나면 이 빙산이 녹는다는 거지. 펭귄은 육지에 올라가야 살 수 있는 것으로 알고 있어. 델리야, 맞지?"

걱정스러운 표정으로 델리가 고개를 끄덕였다.

"맞아. 펭귄은 물고기가 아니라서 아가미도 없고, 물속에서만 살 수는 없어. 숨을 쉬어야 하거든. 오랫동안 잠수는 할 수 있지만, 육지가 있어야 해. 지금까지는 큰 문제가 없었지만, 빙산이 녹고 있는 건 사실이야. 그리고 엄마가 없으니까, 아무래도 먹을 것도 부족해. 너무 힘들어."

나는 델리의 이야기를 듣고 보니 불쌍하다는 생각이 들었다. 만나자마자 우리에게 버릇없이 굴었던 것은 모두 잊고, 어떻게든 도와주고 싶어졌다. 그래서 델리에게 제안을 했다.

"델리야, 우리도 어차피 이 해류를 타고 같은 방향으로 이동 중이니, 당분간 같이 갈까? 가다 보면 좋은 방안이 생길지도 모르잖아."

델리는 자존심이 무척 강했다. 우리에게 특별한 방안이 없다는 것을 알고서는 시큰둥하게 대답했다.

"그래 좋아. 너희가 원한다면."

그 말에 성격 좋기로 유명한 콩콩이가 발끈했다.

"야! 너 말버릇 좀 고쳐. 아직 어린애가 반말하는 것도 마음에 안 드는데, 뭐? 우리가 원한다고? 우리가 언제 원했다는 거야? 급할 때는 형이라고 달라붙더니, 우리가 도움이 안 된다고 생각하니까 완전히 제멋대로군. 너는 너무 이기적이야."

콩콩이의 호통에 델리가 움찔했다. 그렇게 크게 혼나 본 게 처음인 것 같았다. 나는 콩콩이를 말렸다. 콩콩이는 웬만해서는 남에게 화를 내지 않는데, 참다 참다 폭발한 듯했다. 나는 콩콩이에게 귓속말을 했다.

"콩콩아, 네가 참아. 쟤는 아직 어린애야. 그리고 원래 타고난 성격이 좀 까칠한 것 같아."

분위기가 어색해지자, 델리는 사과 한마디 없이 물속으로 들어가 버렸다. 콩콩이가 나만 들리게 조용히 말했다.

"나도 알아. 엄마 생각도 나고, 친구들도 보고 싶을 테니 스트레스가 많겠지. 그렇다고 우리가 버리고 갈 수도 없잖아. 하지만 우리가 같이 여행하려면, 서로 협력해야 해. 앞으로 어떤 어려움이 닥칠지 모르는데, 극복하려면 힘을 합쳐야지."

나도 고개를 끄덕였다.

"네 말이 맞아. 우리가 그간 했던 모험에서 많은 위기를 잘 넘긴 건 인내하고 서로를 믿었기 때문이지. 힘들 때 친구가 진짜 친구니까. 쟤는 아직 어려서 뭘 모르는 것 같아. 하지만 같이 여행하다 보면, 자연스럽게 서로 도움을 주고받는 것을 배우게 될 거야."

델리를 태운 빙산은 해류를 따라 동쪽으로 계속 흘러갔다. 델리는 기분이 상했는지 뾰로통해졌다. 그 후로는 말 없이 먹이를 구하러 물속에 들락거리기만 했다. 서로 간에 대화가 끊어진 채 우리의 어색한 여정은 한동안 계속되었다.

남반구에 사는 펭귄들

쇠푸른 펭귄

호주의 남동부와 뉴질랜드에 서식하는
세상에서 가장 작은 펭귄으로,
푸른빛을 띠는 깃털이 특징이에요.

노란눈 펭귄

뉴질랜드 남섬과
스튜어트섬에서 발견되며
눈 주위에 노란 고리가 있는
세계에서 가장 희귀한 펭귄이에요.

스네어스 펭귄

뉴질랜드 스네어스섬에서
서식하는 펭귄으로,
머리에 노란색 깃털 장식이 있어요.

아델리 펭귄

남극 대륙 전역에
널리 분포하고 있는
작은 펭귄이에요.

턱끈 펭귄

남극 대륙과 주변 섬들에서
주로 발견되며
하얀 얼굴에 검은 턱선이
있는 펭귄이에요.

황제 펭귄

남극 대륙에서만 살고있는
가장 큰 펭귄이에요.

젠투 펭귄

남극 대륙과
인근 섬에서 서식하며
주황색 부리와
머리에 하얀 띠가 특징이에요.

바보새

우리 주변에는 크고 작은 다양한 모습의 빙산이 떠 있었다. 그중에 어떤 것은 끝이 까마득히 멀리서도 보일 만큼 컸다. 해류 속도가 일정하지 않아서, 빙산의 속도가 빨라졌다 느려졌다 했다. 때로는 강한 폭풍이 일기도 했다. 빙산 주위에는 펭귄이 좋아하는 크릴이 많아서, 델리는 멀리 나가지 않아도 배를 채울 수 있었다.

델리를 만난 지 일주일쯤 후에, 앞에 있는 커다란 빙산에 웬 새가 있는 게 보였다. 그 새는 덩치가 제법 컸다. 그런데 걷는 모습이 영 우스꽝스러웠다. 제대로 걷지 못하고, 오리처럼 뒤뚱거렸다.

"콩콩아, 너 저 새 이름 아니? 난 처음 봐."

콩콩이도 처음 보는지 고개를 갸우뚱거렸다. 새라는 소리에 델리는 얼핏 반가운 표정을 지었다가, 펭귄이 아닌 것을 확인하고는 이내 무표정한 얼굴로 돌아갔다. 델리도 저 새의 정체를 모르는 게 분명했다.

우리는 그 빙산으로 자리를 옮겼다. 덩치 큰 새가 우리를 보고 반가워했다. 아주 순해 보이는 새였다.

"안녕, 나는 알바야. 저 어린 친구는 아델리펭귄인 것 같고, 너는 돌고래구나. 그런데 이 조그만 친구는 처음 보네. 누군지 소개해 줄래?"

알바의 목소리는 점잖고 부드러웠다. 우리를 자세히 살펴보는 인자한 시선에서 세상 경험이 많을 거라는 느낌이 들었다. 나를 시아라고 소개했더니 삼총사의 소문을 들어 안다면서, 거북이 천천이의 안부부터 물었다. 나는 천천이를 만나러 가는 중이라고 설명하다가 갑자기 장난기가 발동했다.

"너, 편의점에서 일하니? 무슨 알바야?"

알바는 농담을 즐기는 것 같았다. 바로 유쾌한 답변이 돌아왔다.

"왜? 너도 알바 자리 필요하니? 이 얼음으로 빙수 만드는 알바, 어때?"

알바는 큰 덩치만큼이나 여유가 만만했다.

"표정을 보니, 너희가 나를 잘 모르는 것 같구나. 내 소개를 할게. 나는 '알바트로스'라는 새야. 하늘을 나는 새 중에서 두 번째로 크고, 또 가장 멀리 날 수 있어."

우리는 고개를 갸우뚱했다. 알바의 덩치가 크기는 했지만 우스꽝스럽게 뒤뚱거리며 제대로 걷지도 못하는 데다가, 오리처럼 발에 물갈퀴까지 있었기 때문이었다. 알바의 말을 그냥 또 다른 농담으로 여긴 콩콩이가 한마디 했다.

“에이, 농담을 진담처럼 하네. 제대로 걷지도 못하는 것 같은데, 멀리 날 수 있다고? 나는 오리가 멀리 나는 것을 본 적이 없어. 나는 거, 한번 보여 줄래?”

그러자 알바가 당황한 표정을 지으며 고개를 흔들었다.

“지금은 안돼. 조건이 맞아야 날 수 있어. 대신 다른 것을 보여 줄게.”

알바가 갑자기 날개를 펴기 시작했다. 그러자 거짓말처럼 커다란 날개가 양쪽으로 쭉 펴져 나갔다. 펼친 날개 길이가 콩콩이 키보다 더 컸다. 어떻게 그 몸에 그 큰 날개를 숨겼는지 의심스러울 정도였다. 뭔가 균형이 맞지 않고, 뚱뚱하던 몸은 날씬해졌다. 대신 멋진 날개가 햇빛에 반짝거렸다. 날개는 흰색이었는데 검은색 테두리가 매혹적이었다. 나도 모르게 감탄이 절로 나왔다.

“우아, 완전 비행기네! 멀리 난다는 게 정말이구나. 그런데 왜 지금은 안 된다는 거야?”

“보여 줘! 나는 것, 보여 줘!”

우리 모두의 합창에도 알바는 고개를 저으면서 고백하듯이 말했다.

“내 별명이 뭔지 알아? 바보새야.”

눈이 동그래진 콩콩이가 물었다.

“왜 그런, 말도 안 되는 별명이? 너는 아는 것도 많고, 세상 경험도 많아 보이는데. 똑똑새 아닌가?”

알바가 미소를 지었다.

"고마워 콩콩아. 나는 하늘에 있으면 똑똑새고, 땅에 있으면 바보새야. 내 덩치가 너무 큰 데다 몸의 균형이 잘 안 맞아서, 제대로 걷지를 못해. 그래서 남들 눈에는 바보처럼 보이나 봐. 땅에 있을 때 누가 쫓아오면, 속도가 느려서 잡히기도 해."

멀리서 관심 없다는 듯이 듣기만 하던 델리가 끼어들었다. 하지만 여전히 당돌했다.

"그럼 물속에는 들어갈 수 있어?"

알바는 대답하기 전에 델리를 한참 쳐다보았다. 하고 싶은 말이 있는 듯했으나, 그냥 짧게 대답했다.

"못 들어가. 잠수는 못 해."

델리가 그럴 줄 알았다는 듯, 무시하는 표정을 지으며 말했다.

"덩치만 컸지 별 볼일 없네. 새가 잠수도 못 하고. 바보새가 맞군."

건방진 델리의 말에, 온화했던 알바의 표정이 일그러졌다. 속으로 화를 참고 있는 것을 느낄 수 있었다. 보다 못한 콩콩이가 델리를 야단쳤다.

"야, 인마. 너, 해도 너무한다. 처음 본 친구한테 무슨 실례되는 소리야. 나이도 너보다 훨씬 많은 어른 같은데. 게다가 잠수할 수 있는 새가 얼마나 있니? 새는 하늘을 나는 게 정상이잖아? 그러는 너는 날 수 있니?"

군기반장 콩콩이의 호통에 델리가 입을 다물었다. 콩콩이가 내친김에 알바에게 나이를 물었다. 알바가 쑥스러운 표정으로 대답했다.

"나이 말하기 부끄럽네. 내 나이가 벌써 오십이야."

우리는 깜짝 놀랐다. 기껏해야 열 살 정도로 생각했기 때문이었다. 아마 방금 펼친 날개를 보고 막연히 젊다고 느꼈던 것 같았다. 나와 콩콩이가 거의 동시에 말했다.

"아이고, 그런 줄 몰랐습니다. 그간 반말해서 죄송해요, 할머니."

할머니라고 부르니까 알바는 어색하기도 하고, 기분 좋기도 한 것 같은 복잡한 표정을 지었다.

"할머니라는 말이 너무 정겹네. 고마워."

나는 그간 궁금했던 것들을 묻기 시작했다.

"할머니, 왜 혼자 여기 계세요? 할아버지는 어디 계시나요?"

머뭇거리던 알바가 드디어 자신에 대해서 입을 열었다.

"우리 영감은 작년에 돌아갔어. 너무 어처구니없는 병에 걸려서."

내 질문은 계속 이어졌다.

"어처구니없다니, 무슨 병인데요?"

알바의 얼굴이 일그러졌다. 뭔가 끓어오르는 분노를 참는 것 같았다.

"음식을 잘못 먹었어. 먹으면 안 되는 것을 먹었는데, 그게 창자를 막아서 죽었지. 나중에 친구들이 이유를 알려 줬는데…."

"그게 뭔데요? 독 있는 물고기인가요?"

전혀 엉뚱한 대답이 돌아왔다.

"아니야. 플라스틱과 비닐봉지 같은 거야."

나는 깜짝 놀랐다.

"아니, 왜 그런 것을 먹지요? 그건 음식이 아니잖아요?"

허탈한 표정으로 먼 하늘을 쳐다보던 알바가 대답했다.

"우리가 좋아하는 먹이 중 하나가 해파리야. 해파리는 바다 표면을 떠다니지. 그런데 햇빛에 반사된 비닐봉지를 높은 하늘에서 보면, 영락없는 해파리로 보여. 그러면 급강하하고 낚아채서 삼켜 버리는 거야. 맛을 느낄 틈도 없지."

알바는 잠시 기막힌 듯 한숨을 푹 쉬더니 말을 이어 갔다.

"뱃속에 들어간 비닐봉지는 소화는 물론 똥으로 배출도 안 돼. 그게 소화기관을 막기 때문이지. 그런 식으로 쌓이면 서서히 죽는 거야. 더 큰 문제는 그런 플라스틱 쓰레기를 먹이로 알고 새끼에게 주기도 해. 불쌍한 어린 새끼들은 영문도 모르고 앓다가 죽는 거지."

알바가 한마디 더 추가했다.

"실은 나도 죽을 뻔했어. 나도 먹었거든. 다만 우리 영감보다 좀 덜 먹어서 아직 살아 있지. 지금도 소화가 잘 안 돼. 내가 젊었을 때는 바다에 그런 비닐봉지나 플라스틱이 없었는데, 요즈음에는 아주 흔해. 왜 많아졌는지 도대체 이유를 모르겠어."

알바가 옆에 있는 델리를 보면서 말을 이어 갔다.

"펭귄도 그런 플라스틱 때문에 죽는 경우가 많다고 들었어. 얘는 아직 어려서 잘 모르겠지만."

콩콩이한테 혼이 나서 뾰로통해진 델리는 잘 모르겠다는 듯 어깨를 으쓱했다. 그러나 짝을 잃은 알바의 분노는 계속되었다.

"새는 원래 하늘을 나는 공룡의 후예야. 사촌이지. 펭귄의 조상도 마찬가지지. 우리의 조상은 2억 년이 넘는 세월부터 지구에 살기 시작했다고 해. 생존력이 강해서 심지어 공룡을 멸종시킨 운석 충돌에서도 살아남았어. 그런데 왜 저따위 비닐봉지 때문에 죽어가는지 정말 모르겠어."

그 이야기에 놀란 콩콩이가 대화에 끼어들었다.

"운석 충돌보다 더 무서운 게 비닐봉지네요. 우리한테도 문제가 되겠어요. 그런데 이게 어디서 오는 거죠?"

알바가 모르겠다는 듯이 고개를 좌우로 흔들었다. 나는 괜히 미안한 생각이 들었다. 평화롭던 알바의 표정이 비닐봉지 이야기를 꺼내면서 너무 어두워 보였기 때문이었다.

"할머니, 괜한 얘기를 물어서 죄송해요. 그런데 외롭지 않으세요?"

알바가 당연하다는 듯이 대답했다.

"물론 외롭지. 하지만 너희들을 만나서 너무 좋단다."

"그럼 재혼하시지. 왜 혼자서 쓸쓸하게 여기 계세요?"

콩콩이가 주책없이 끼어들었다. 난 콩콩이에게 눈을 흘겼다. 알바는 콩콩이의 단도직입적인 질문에 희미한 미소를 짓더니, 다시 하늘을 쳐다본 후 대답했다.

"우리는 한 번 짝을 맺으면 죽을 때까지 안 바꾼단다. 그런 생각은 해본 적도 없어. 게다가 내 나이를 봐. 살 만큼 살았어."

우리는 숙연해져서 고개를 숙이고 있었다. 알바가 그런 분위기를 바꾸려는 듯 혼잣말을 했다.

"하긴 요즘 젊은 부부들은 이혼도 많이 한다더군. 세상이 너무 빨리 변하는 것 같아."

그 말에 놀란 콩콩이의 눈이 동그래졌다.

"아니, 그게 무슨 말씀이에요? 세상이 변하다니?"

알바가 씁쓰레한 표정으로 대답했다.

"스트레스지, 스트레스! 바닷물이 따뜻해지면서 먹이 구하는 게 점점 힘들어져서 그렇다네. 수컷이 제대로 먹이를 못 구해 오니까, 암컷이 못 견디고 마음을 바꾼 것이지. 먹이를 구하러 가서 너무 오래 걸리니까, 그 사이에 주변의 다른 수컷과 가까워지기도 하나 봐. 왜 그런지는 모르지만, 요즘엔 새끼도 잘 안 생긴다고 해. 우리 때는 상상도 못할 일이지."

그러다가 갑자기 생각난 듯 말을 이었다.

"아까 콩콩이가 왜 여기에 있냐고 질문한 것 같은데…. 왜 내가 빙산 위에 있냐는 뜻인가?"

콩콩이가 대답했다.

"네, 맞아요. 여기는 얼음 위라 먹을 것도 없잖아요. 왜 여기에 내리셨어요?"

그때 갑자기 강한 바람이 불기 시작했다. 알바가 대답 대신에 갑자기 바람 부는 방향으로 뒤뚱거리며 뛰기 시작했다.

바다생물을 위협하는 해양쓰레기

해양쓰레기는 바다에 버려지거나, 쓸려 들어간 폐기물을 말해요.
우리의 소중한 바다에는 매년 엄청난 양의 쓰레기가 버려지고 있어요.
이 쓰레기들은 쉽게 사라지지 않고, 오랜 시간 동안 바다에 남아
바다 생물들에게 큰 위협이 되지요.
플라스틱, 유리, 금속 같은 물질들은 자연에서 분해되기까지 수십 년,
때로는 수백 년이 걸리기도 해요.

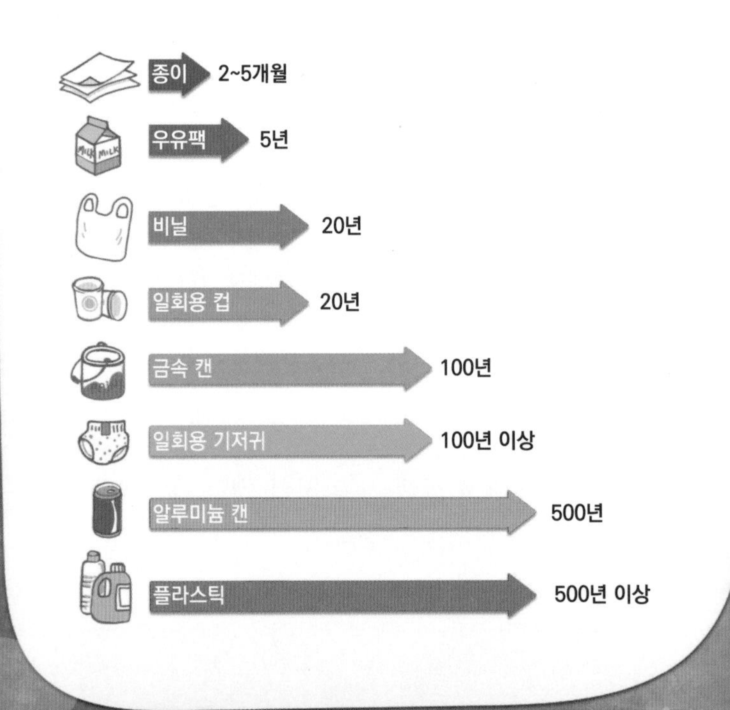

좀 더
알아보기

이륙 작전

알바는 열심히 날개를 펄럭이며 바람을 향해 뛰어갔다. 뒤뚱거리는 모습에도 아무도 웃지 않았다. 날기에 실패하고서도 포기하지 않았다. 알바는 몇 차례 반복해서 시도했다. 그러나 결국 날지 못하고, 우리가 있는 곳으로 돌아왔다. 알바는 실망하는 모습을 애써 감추려 했는데 아쉬워하는 게 느껴졌다. 하지만 곧 알바 특유의 온화한 표정이 돌아왔다.

"우리는 이런 평지에서는 바람이 아주 강하지 않으면 날아오르기 어려워. 게다가 여긴 얼음 위라 미끄러워서 달리기가 더 힘드네. 그간 여러 차례 시도했지만, 계속 실패했어. 내 날개가 워낙 커서 땅에서는 오히려 거추장스럽지. 그래서 그 모습을 보고 우리를 바보새라고 부르나 봐. 우리가 날려면 강풍이 불어오는 절벽 같은 곳이 제일 좋아. 하지만 일단 날아올라 이 큰 날개를 펼치면, 그다음부터는 별로 날갯짓도 필요 없어. 바람을 타고 가고 싶은 곳 아무 곳이나 갈 수 있지."

콩콩이는 알바에 대해 궁금한 점이 많았다.

"할머니. 그럼 한번 날아오르면 얼마나 멀리 갈 수 있어요? 밤에는 자야 할 텐데 중간에 육지나 섬에서 쉬어야 하잖아요. 이렇게 날아오르는 게 힘들면, 섬이 없는 망망대해는 못 건널 것 같은데요."

알바는 콩콩이를 보면서 미소를 지었다.

"콩콩아. 너 상어만에서 여기까지 올 때, 낮에만 헤엄쳤니?"

콩콩이가 자랑스럽게 대답했다.

"아니요. 야간에도 계속 헤엄쳤어요. 우리는 뇌가 둘로 나누어져 있어서 교대로 쉬거든요."

알바는 이미 알고 있다는 듯 고개를 끄덕였다.

"우리도 마찬가지야. 뇌가 교대로 쉬지. 우리 같은 장거리 여행가들에게는 그게 필수니까. 그래서 그렇게 진화한 거지. 쉬지 않고 날아서, 중간에 한 번도 안 내리고 지구를 한 바퀴 돈 친구들도 많아. 날아가다가 바다 위에 있는 물고기나 해파리 같은 먹을 것이 보이면, 독수리가 낚아채듯 잡아먹으면서 계속 여행한단다. 힘들게 물 위에 내릴 필요가 없어."

알바는 자기 고향이 뉴질랜드이며, 거기서 출발해 여기까지 쉬지 않고 날아왔다고 덧붙였다.

나는 갑자기 장난이 치고 싶어졌다.

"할머니, 뇌가 하나 더 있어야 할 것 같은데요?"

모두 무슨 소린가 하는 표정으로 나를 쳐다봤다.

"뇌가 두 개면, 교대로 일한다 해도 12시간씩 일해야 하잖아요. 너무 중노동 아닌가요? 인간들은 여덟 시간 근무가 표준이라는데."

알바가 재미있다는 듯 깔깔 웃었다.

"와, 재미있는 생각이네. 그럴듯해. 먼 훗날에는 우리나 돌고래의 뇌가 셋이 되는 건가? 여덟 시간 일 하고 열여섯 시간 휴식이라, 그러면 충분한 휴식 시간이 보장되겠네. 그렇게 휴식 시간이 늘어나면, 머리가 좋아져서 더 똑똑한 후손들이 나타나겠는 걸."

모두가 그럼 대박이라고 낄낄댔다. 하지만 그 와중에도, 콩콩이는 자신이 했던 질문을 잊지 않았다.

"할머니, 제 질문에 아직 답변 안 하셨어요. 여기는 왜 내리셨어요?"

알바가 깜빡했다는 표정을 지었다.

"아 참, 딴 이야기 하느라 진짜 질문을 까먹었네. 실은, 이번을 내 마지막 여행으로 생각했어. 그래서 나름 목표를 세웠지."

알바는 호기심에 찬 우리를 바라보며 이야기를 이어갔다. 모른 척 따로 놀던 델리마저도 흥미를 느꼈는지 얌전히 듣고 있었다.

“나에겐 두 개의 목표가 있어. 첫째는, 내가 사랑하는 하늘을 마음껏 날다 하늘에서 죽는 거야. 둘째는, 어떤 알바트로스도 해 보지 못한 도전을 하는 거였지.”

콩콩이가 마침 내가 궁금해하던 질문을 던졌다.

“할머니, 하늘을 난다는 건 어떤 기분이에요? 저는 물속만 돌아다녀서, 하늘이 궁금해요.”

알바의 얼굴이 갑자기 환해졌다. 마음은 이미 하늘을 날고 있는 것 같았다.

“높은 하늘에 오르면, 이 세상 아무것도 부러운 것이 없지. 해가 질 때, 반짝이는 수평선은 정말 아름다워. 온통 황금빛이야. 하지만 내가 제일 좋아하는 때는 밤이지. 남반구는 대륙이 별로 없어서인지, 별빛이 아주 영롱해. 반짝이는 은하수가 정말 흐르는 강처럼 느껴져. 날개를 펼친 채로 고요한 밤하늘을 보고 있으면, 땅에 내려가고 싶은 생각이 안 들어. 미안한 이야기지만 난 먼저 간 영감보다, 나는 것을 더 사랑했어.”

우리는 침을 꿀꺽 삼키며, 알바의 다음 이야기를 기다렸다.

“나는 내가 바보새가 아니라는 것을 증명해 보이고 싶었어. 평생 꿈이 평지보다 더 어렵다는 빙산에서 날아오르는 것이었거든. 하늘을 날다가 이 커다란 빙산을 보고, 바로 이거다 싶었지. 남극에 가까우니 바람도 강할 것이고, 그래서 성공할 수 있을거라 생각했지. 그런데 역시 쉽지 않구나. 얼음이 미끄럽다는 생각을 못한 게 실수야. 나, 바보새 맞나 봐.”

우리는 아무 말도 할 수 없었다. 우리의 걱정스러워하는 표정을 읽은 알바가 쾌활하게 말했다.

“염려하지 말아라. 만약 내가 다시 날아오르지 못해 이 빙산에서 죽는다면, 그게 내 운명이겠지. 내가 선택한 길이니, 후회는 없다.”

조금 뜸을 들인 후, 알바가 독백처럼 조용히 말했다.

“하지만, 꼭 성공하고 싶어.”

그러자 그간 침묵하고 있던 델리가 알바에게 말했다.

“할머니, 꼭 성공하실 거예요. 저도 언제가 될지는 모르지만, 엄마에게 꼭 돌아갈 수 있다는 생각으로 살아가고 있거든요.”

알바는 그런 델리를 대견스럽게 쳐다보면서 말했다.

“너, 여기서 새로운 친구를 사귀더니 철이 많이 들었구나. 넌 꼭 돌아갈 수 있을 거야. 내가 날 수만 있다면, 너를 네 엄마에게 데려다줄 텐데.”

델리가 깜짝 놀라 물었다.

“아니, 그게 가능해요? 제가 어디서 온 줄도 모르시잖아요?”

알바가 델리에게 되물었다.

“너, 엄마랑 어떻게 소통하지? 엄마가 어떻게 널 알아보니?”

엄마라는 소리에 델리의 눈에서 눈물이 흘렀다.

“우리는 소리로 서로를 알아봐요. 남들이 보기에는 비슷비슷하게 생겼지만, 엄마는 내 목소리를 구분할 수 있어요.”

알바가 고개를 끄덕였다.

“이미 알고 있어. 난 아델리펭귄 친구가 많거든. 주로 어디 사는지도 잘 알고 있지.”

알바는 그러면서 우리에게 충고 비슷하게 말했다.

"아델리펭귄은 덩치는 작아도 성격은 좀 까칠해. 자기들끼리 경쟁이 심하거든. 게다가 델리는 엄마랑 헤어진 충격이 컸을 거야. 그러다 보니, 신경이 예민해져 공격적으로 행동했겠지. 나는 얘를 처음 볼 때부터 알았어. 나한테 버릇없이 굴었던 것 이상으로 너희에게도 그랬을 거야. 그래도 잘 참고 삼총사답게 이 아이를 보호해 줘서 고맙다."

할머니의 자애로운 말에 델리가 그만 울고 말았다.

"정말 죄송해요, 할머니. 형들에게도 미안해. 그동안 몇 번이나 미안하고 고맙다는 말을 하고 싶었는데, 망설이다가 기회를 놓쳤어."

우리는 아무 말 없이 미소로 델리에게 답했다. 무엇보다도 우리에게 마음을 연 델리의 모습이 흐뭇했다. 나에게 불현듯 아이디어가 떠 올랐다.

"할머니. 맞바람 불 때 누가 밀어주면 날아오를 수 있지 않을까요?"

알바가 웬 농담이냐는 듯이 웃으며 대답했다.

"물론 크게 도움이 되지. 그런데 이 빙산을 밀게? 얼마나 무거운데."

"우리는 지금까지 여러 어려움을 우리 힘으로 극복했어요. 할머니, 저를 믿어 보세요."

내 진지한 표정을 보고, 농담이 아니라는 것을 눈치챈 알바가 기대에 찬 눈으로 나를 쳐다봤다.

"할머니, 항공모함에서 비행기가 어떻게 뜨는지 아시나요? 항공모함은 활주로가 짧아서 비행기의 힘만으로는 뜨기 어렵지만, 비행기를 미는 장치가 있어서 이륙이 가능해요. 그 원리를 이용해서 할머니를 비행기처럼 띄워 볼게요."

나는 그러면서 콩콩이를 돌아보았다. 눈치 빠른 콩콩이는 무슨 뜻인지 바로 알아챘다.

"할머니가 저에게 올라타고, 제가 최고속도로 헤엄치면 가능할 것 같아요."

알바가 큰 날개를 펄럭이면서 환호성을 질렀다. 역시 타고난 모험가 알바트로스다웠다.

"이거, 듣기만 해도 신나네. 역시 산전수전 다 겪은 삼총사다워. 한번 해 보자."

그때부터 며칠간 우리는 연습에 들어갔다. 콩콩이의 수영 실력이 뛰어나서 속도는 그런대로 괜찮아 보였는데, 문제는 알바가 콩콩이 등에서 자꾸 미끄러지는 것이었다. 알바는 콩콩이에게 미안해서 포기하려 했으나,

우리는 알바에게 계속 용기를 불어넣었다.

그렇게 여러 차례 실패를 겪은 후, 콩콩이가 아이디어를 냈다.

"제 등이 미끄러워서 할머니가 제대로 서 있지 못하는 게 문제인데, 제가 입으로 할머니 다리를 물고 달려 볼게요. 대신 앞이 가려져서 잘 안 보이니, 할머니가 방향을 알려 주세요."

알바가 깔깔 웃으며 대답했다.

"좋긴 한데, 발 고린내 날 텐데?"

콩콩이의 아이디어는 적중했다. 알바는 더 이상 미끄러지지 않았다. 다음날 아침 때맞춰 강풍이 불기 시작했다. 우리는 서로 쳐다보며 고개를 끄덕였다. 알바가 콩콩이를 격려하면서 말했다.

"혹시 실패하더라도 괜찮아. 그냥 신나게 달려 봐."

콩콩이는 긴장한 표정이 역력했지만, 알바의 여유만만한 태도에 용기를 얻었다. 콩콩이가 알바의 다리를 물고 바람이 부는 방향으로 빠르게 헤엄치기 시작했다. 속도가 어느 정도 붙자, 알바가 커다란 날개를 펼치기 시작했다. 몇 차례의 힘찬 날갯짓에 거짓말처럼 두둥실 떠올랐다.

하늘로 떠오른 알바는 더 이상 뒤뚱뒤뚱 바보새가 아니었다. 알바의 비행은 아주 우아했다. 그리고 자신만만해 보였다. 우리가 만났던 어떤 새와도 달랐다. 날개를 쫙 펴고 매끄럽게 하늘을 날았다. 방향 전환을 자유자재로 하는 패러글라이더 같았다. 알바는 신이 나는지, 계속 환호성을 지르는 우리 소리가 안 들릴 만큼 까

마득하게 높이 올랐다가, 다시 내려와서 우리 주위를 빙빙 돌았다. 내가 크게 외쳤다.

"할머니, 축하해요. 너무 멋져요."

알바가 고맙다는 의미로 양쪽 날개를 좌우로 흔들었다.

이제 마지막 임무가 남았다. 델리가 빙산 위에 팔을 벌리고 섰다. 아장아장 걸어가서 서 있는 모습이 '남극의 신사'답게 예쁘고 귀여웠다. 알바가 델리 주변을 한 바퀴 돌아서 거리를 재더니, 다시 돌아오면서 가볍게 델리를 낚아챘다. 우리는 델리와 제대로 작별 인사도 못 했지만, 델리의 행복한 표정에 모든 것이 담겨 있었다.

알바가 델리를 발에 끼고서, 헤어진다는 표시로 우리 주위를 다시 한 바퀴 돌더니 서서히 남극 쪽을 향해 날아갔다. 알바가 시야에서 사라지자, 눈가가 촉촉해진 콩콩이가 내게 말했다.

"델리가 좀 버릇없고 속을 썩이기는 했지만, 막상 떠나니까 서운하네."

섭섭하긴 나도 마찬가지였다.

"어린애가 엄마도 보고 싶고, 얼마나 힘들었을까? 그래도 알바 할머니가 남극 지리를 잘 안다니 다행이야. 안심되네."

갑자기 콩콩이가 소리를 질렀다.

"섬이다."

캥거루부터 코알라까지

유대류 이야기

호주는 유대류의 고향이라고 불릴 정도로 많은 유대류가 살고 있어요.
유대류는 육아낭(주머니)을 이용해 새끼를 키우는 독특한 특징을 가진 동물들로,
호주에 제일 많지만, 다른 대륙에도 있어요.
유대류들은 초원의 풀을 먹어 생태계를 유지하고,
씨앗을 퍼뜨리는 중요한 역할을 해요.

호주에 사는 대표적인 유대류

- 붉은캥거루: 잘 알려진 캥거루로, 초원과 사막에서 주로 살아요.
- 회색캥거루: 호주의 숲과 초원에서 발견되며, 점프하는 모습이 멋져요.
- 왈라비: 캥거루보다 작은 크기로, 숲과 산악 지역에 살아요.
- 코알라: 나무 위에서 유칼립투스 잎을 먹으며 하루 대부분 잠을 자요.
- 웜뱃: 땅을 파는 데 능숙하며, 꼬리는 흔적만 남아 있어요.
- 주머니쥐: 주로 나무 위에서 살며 과일과 곤충을 먹어요.
- 슈가 글라이더: 나무 사이를 활공하며 이동하는 능력이 있어요.
- 쿼카: 로트네스트섬에만 사는 초식성 유대류에요.
  항상 웃고 있는 모습 때문에 세상에서 가장 행복한 동물로 불리지요.
- 태즈메이니아 데블: 태즈메이니아섬에만 사는 육식성 유대류로,
  강력한 턱과 독특한 울음소리가 특징이에요.

좀 더
알아보기
회색캥거루
슈가 글라이더
붉은캥거루
웜뱃
왈라비
코알라
태즈메이니아 데블

마틸다

오랜만에 보는 초록빛의 땅이었다. 강렬한 초록빛에서 또 다른 생명의 내음이 전달되어 왔다. 그런데 멀리서 볼 때는 섬이라고 생각했는데, 다가갈수록 엄청나게 커서 섬이 아닌 육지로 느껴졌다. 콩콩이가 고개를 갸우뚱거렸다.

"시아야. 여기가 태즈메이니아섬 아니니? 그런데 섬이 아니고 호주 대륙인 것 같다. 너무 큰데?"

나도 자신이 없었다. 이 근방에서 만날 큰 섬은 태즈메이니아밖에 없는데, 섬치고는 너무 커서 호주 대륙의 일부가 아닐까 하는 생각이 들었다. 이럴 때 길잡이 천천이가 없는 것이 아쉬웠다. 콩콩이가 갑자기 천천이가 했던 말을 떠올렸다. 우리가 과거에 동해로 갈 때 했던 말이었다.

"시아야. 예전에 우리가 한국이 얼마나 큰지 천천이에게 물었을 때, 한국이 태즈메이니아보다 조금 더 크다고 했었지. 그 말이 맞는다면 여기가 태즈메이니아일지도 몰라. 말이 섬이지 웬만한 나라 크기잖아."

육지에 가까워지면서 도시가 보이기 시작했다. 우리가 살던, 산도 없고 큰 나무도 없는 밋밋한 동네와는 여러모로 달랐다. 도시 뒤에 높은 산도 있고, 푸르른 숲이 우거진 모습이 인상적이었다. 나도 콩콩이의 말에 고개를 끄덕였다.

"네 말이 맞는 것 같다. 우리 고향 서호주와는 풍경이 매우 다르네. 그런데 콩콩아. 앞에 뭐가 있어. 돌고래 같은데?"

돌고래라는 말에 콩콩이가 갑자기 속도를 올렸다. 가까이 다가가 보니, 돌고래는 맞는데 뭔가 불안해 보였다. 게다가 몸이 너무 말랐다. 우리를 보더니 반가워하는 대신 멈칫거렸다. 콩콩이가 먼저 말을 걸었다.

"안녕. 나는 콩콩이고 이 친구는 시아야. 우리는 서호주 상어만에서 왔어. 만나서 반갑다."

콩콩이의 쾌활한 인사에도 불구하고 불안한 표정으로 주변을 두리번거리던 돌고래가 짧게 대답했다.

"나는 마틸다야. 내가 있던 곳에서는 틸다라고 불렸어."

나는 이상한 생각이 들었다. 웬만한 돌고래라면 다 아는 우리의 존재를 모르는 것도 그렇고, 뭔가를 경계하는 듯한 표정이 맘에 걸렸다. 내가 다시 물었다.

"'내가 있던 곳'이라니, 다른 데서 왔다는 뜻이니?"

털다의 대답은 더욱 이상했다.

"아니, 아니, 그냥."

대답을 얼버무리는 털다를 보고, 눈치 빠른 콩콩이가 분위기를 바꿨다.

"여기가 어디니? 태즈메이니아가 맞니?"

콩콩이가 정말 이 동네 출신이 아니라는 것을 알고서, 털다가 안심했다는 듯이 어렵게 말문을 열었다.

"태즈메이니아 맞아. 요 뒤에 있는 도시는 호바트야. 태즈메이니아주의 주도이지."

어렵게 말문을 연 털다에게, 콩콩이가 조심스럽게 접근했다.

"뭐가 그리 두렵니? 우린 네 친구야. 우리는 대보초까지 여행하는 중인데, 여기 태즈메이니아는 중간 경유지야."

우리 여행 일정을 들은 털다가 부러운 표정을 지었다.

"대보초가 어디인지 모르지만 먼 곳인가 보네. 자유롭게 여행하는 게 너무 부럽다. 나는 여기 갇혀 지내서 잘 몰라."

우리는 깜짝 놀랐다. 내가 먼저 물었다.

"갇혀 지내다니, 그게 무슨 소리야? 감옥이라는 뜻은 아니지?"

털다가 아차 하는 듯한 난감한 표정을 지었다. 그러다가 결심한 듯이 자신의 이야기를 시작했다.

"나는 수족관에서 태어났어. 태어나자마자 배운 게 돌고래쇼야. 사람들이 내 쇼를 보고 박수칠 때는 너무 기분이 좋았어. 하지만 뭔가 답답했지.

어느 날 갑자기 이런 생각이 들었어. 내 덩치는 다른 물고기보다 큰데, 내가 사는 곳은 왜 이렇게 좁을까? 여기 말고도 다른 세상이 있을까?"

말문이 터진 틸다는 홀가분해졌는지, 더 이상 망설임 없이 비밀을 털어놓기 시작했다.

"나는 엄마에게 물었지. 여기 말고도 다른 세상이 있냐고. 엄마는 처음엔 내가 사는 수족관이 세상 전부라고 했지. 그런데 엄마의 표정이 영 이상했어. 뭔가 더 알고 계신 것 같은 표정이었지. 나의 계속된 추궁에 엄마가 진실을 알려주셨어."

틸다는 그간 가슴에 품고 아무에게도 말하지 못한 이야기를 시작했다. 틸다의 과거는 정말 충격적이었다.

"우리 엄마하고 아빠는 나처럼 수족관 출신이 아니야. 콩콩이 너처럼 자유롭게 살다가 잡혀 오셨대. 두 분 다 탈출하려고 몸부림을 쳐 봤지만 불가능했다고 해. 결국 아버지는 내가 태어나던 해 돌아가셨어."

상상도 못한 틸다의 이야기에 분노한 콩콩이가 물었다.

"아버지 돌아가실 때 나이가 몇 살이셨어?"

틸다가 고개를 저으면서 대답했다.

"정확히는 몰라. 우리 엄마랑 나이가 비슷하다 했으니, 열 살 정도?"

콩콩이가 한숨을 쉬었다.

"우리 돌고래는 오십 살 정도까지 살기도 하는데, 열 살이라니…. 이건 말도 안 돼. 그럼 어머니는 어디 계셔?"

틸다의 대답은 우리를 더욱 가슴 아프게 만들었다.

"어머니도 돌아가셨어. 작년에. 그런데 돌아가시기 전에 이런 말씀을 하셨지. 나를 이런 곳에서 태어나게 해서 미안하다고."

우리는 충격에 아무 말도 할 수 없었다. 과거를 털어놓던 틸다의 표정이 굳어졌다. 속에서 분노가 부글거리는 것이 느껴졌다.

"나는 그때부터 돌고래쇼를 거부했어. 쇼를 거부한다는 것은 음식도 없다는 뜻이야. 사육사들이 야단치기도 하고, 굶기기도 했지만 나는 완강히 거부했지. 내가 점점 말라 가자, 수족관에 난리가 났어."

우리의 '왜?' 하는 표정을 보면서, 틸다가 말을 이어갔다.

"동물 애호가 단체들이 들고 일어났어. 돌고래들이 자꾸 죽고, 쇼가 엉망이 되니까 조사에 나선 거지. 결국 야생 돌고래를 잡아다가 돌고래쇼를 시키는 게 동물 학대라고 결론이 났나 봐. 나는 야생 돌고래는 아니지만, 다른 돌고래 두 마리와 함께 수족관에서 해방됐어."

"그럼 수족관은 어떻게 됐니?"

콩콩이의 질문에 틸다가 통쾌하다는 듯이 대답했다.

"수족관은 폐쇄됐어. 사람들이 주로 돌고래쇼를 보러 오는데, 그게 없어지니까 관람객이 확 줄었나 봐. 게다가 내가 수족관의 스타였거든. 유리 수조 안에서 잠수부의 볼에 뽀뽀하는 쇼도 내 몫이었지. 사람들이 그 프로그램을 제일 좋아했어."

콩콩이도 통쾌하다는 듯이 말했다.

"그거 너무 잘됐네. 그런데 왜 그리 불안해하는 거야? 이젠 자유잖아? 그리고 나머지 두 마리는 어디 있니?"

틸다가 수족관에서 풀려나온 후의 이야기를 시작했다.

“우리를 풀어 줄 때, 동물 애호가 단체에서 조건을 걸었어. 야생에 적응하려면 시간이 걸린다고 생각했나 봐. 그래서 우리를 바다에 풀어놓기는 하되, 보호하는 망을 쳐서 그 안에서 살도록 했지. 먹을 것도 갖다주고.”

이번에는 내가 궁금했던 점을 물었다.

“그러면 거기서 탈출했다는 거니? 그래서 이리 불안해하는 거야?”

틸다가 고개를 끄덕였다.

“나는 엄마에게서 바다가 엄청나게 크다고 들었어. 풀려나기 전부터 넓은 곳에서 마음껏 헤엄치는 꿈을 꿨지. 하지만 풀려났다고 꿈을 다 이룬 것은 아니었던 거야. 수족관의 좁은 콘크리트 방과 유리 벽에서는 해방됐지만, 보호망 안이잖아. 나는 그걸로 만족할 수 없었어.”

틸다는 말을 이어갔다.

“더 큰 바다로 가고 싶었지. 같이 있던 돌고래들에게 같이 탈출하자고 했는데 걔들은 용기를 내지 못했어. 그물망이 느슨해서 얼마든지 빠져나올 수 있었지만, 바깥세상을 두려워했지. 그래서 나 혼자 탈출한 거야. 사람들이 나를 다시 잡으러 올까 무서워.”

내가 틸다를 안심시키며 말했다.

“걱정하지 마. 그게 그 사람들이 바라던 것일 거야. 거기에 너를 정말 가두고 싶었다면, 그물망을 촘촘하게 했겠지. 네가 없어진 것을 오히려 좋아할 걸. 야생에 적응했다고 말이야.”

틸다가 이제야 이해가 간다는 듯한 표정을 지었다.

“아, 그렇겠구나. 그런 걱정 안 해도 되겠네. 그런데 나는 바깥세상을 너무 몰라. 아까 너희들이 대보초로 간다고 하니, 그냥 막연히 먼 곳이라는 생각만 들었어. 사실 멀다는 게 얼마나 먼 건지도 몰라. 너희들 만나 너무 반가운데, 나도 같이 가면 안 될까?”

내가 입을 열기도 전에, 콩콩이가 먼저 대답했다. 아마도 이 말을 먼저 꺼내고 싶었던 것 같았다.

“물론 환영이야. 우리는 여행하면서 친구 사귀는 게 취미거든. 그런데 너 왜 그렇게 말랐니? 수족관에서 나온 다음에 사람들이 먹을 것을 주었다면서?”

틸다가 부끄러운 듯이 대답했다.

"사실, 난 사냥하는 법을 잘 몰라. 수족관에서는 사냥할 필요가 없었거든. 수족관에서 나온 다음에도 사람들이 먹을 것을 주어서 어려움이 없었지. 근데 거기서 탈출하고 보니, 처음으로 나 혼자서 모든 걸 해결해야만 했어. 나는 한 번도 사냥을 해 본 적이 없어 어떻게 해야 하는지도 잘 몰라. 나름 사냥한답시고 물고기를 열심히 따라다녔는데, 번번이 실패했지. 그 녀석들 왜 그리 빠른 거야?"

콩콩이가 킥킥 웃더니, 일거리가 생겼다는 듯 신이 난 표정을 지었다. 틸다의 나이를 물어보더니, 갑자기 어른스럽게 무게를 잡았다.

"사냥은 원래 어렸을 때부터 엄마 아빠에게서 배워야 하는데, 수족관에서는 배울 필요가 없었겠지. 틸다야, 염려하지 마. 이 콩콩이 오빠가 잘 가르쳐 줄게."

콩콩이는 틸다에게 사냥하는 시범을 보였다. 틸다는 의외로 수영도 미숙해서 수영법도 새로 가르쳐야 했다. 틸다가 날렵하게 수영하는 콩콩이에게 감탄하면서 말했다.

"오빠, 엄청 빠르네. 나는 내가 수족관에서 제일 빨라서, 타고난 수영선수인 줄 알았어. 역시 세상은 넓네. 배워야 할 것이 너무 많아."

틸다의 칭찬에 으쓱해진 콩콩이가 자랑스럽게 대답했다.

"네가 배운 수영은 좁은 곳에서 빠르게 헤엄쳐서 점프하는 거였겠지. 하지만 이 큰 바다에서는 장거리를 헤엄칠 수 있는 체력이 중요해. 너는 순간 속도는 뛰어나지만 금방 지치지. 이제부터 배우면 돼."

콩콩이는 아주 자상하게 틸다를 가르쳤다. 몇 주가 지나자, 틸다는 살도 통통하게 오르고 지구력도 좋아졌다. 아직 실패할 때가 많았지만, 가끔 사냥에 성공하기도 했다. 옆에서 보기에도 둘 사이의 분위기가 훈훈했다. 내가 샘이 날 정도로 다정한 오누이처럼 꼭 붙어 다녔다. 콩콩이는 뭐가 좋은지 매일 같이 흥얼댔다.

우리는 태즈메이니아를 벗어나 호주 대륙을 왼쪽으로 끼고 계속 북상했다. 호주 동쪽 해안은 우리가 살던 서쪽과는 달리, 나무도 울창하고 하얀 모래사장이 끝도 없이 이어졌다. 틸다가 감탄하면서 말했다.

"이렇게나 아름다운 세상이 있는데, 우리 엄마 아빠가 너무 불쌍해. 나야 처음부터 수족관 출생이니 이런 세상을 몰랐지만, 그분들은 너무 힘드셨을 것 같아."

다시 눈물을 쏟는 틸다를 위로하면서 콩콩이가 말했다.

"틸다야. 너희 부모님은 너를 자랑스럽게 생각하실 거야. 네 힘으로 자유를 얻었잖아. 이제부터 마음껏 행복하게 살아."

고개를 끄덕이던 틸다가 갑자기 소리쳤다.

"오빠! 왼쪽에 아주 큰 도시가 보여. 엄청 큰데 너무 예쁘네."

콩콩이가 환한 얼굴로 대답했다.

"시드니다."

털다는 신이 나서 다시 크게 소리쳤다.

"오빠, 가까이 가 보자! 도시가 너무 예쁘게 생겼어."

우리는 시드니 항구 안쪽으로 들어갔다. 조개 모양의 건물도 보이고, 커다란 다리도 보였다. 대도시치고는 바닷물도 제법 깨끗했다. 콩콩이가 말했다.

"조개처럼 생긴 건물은 오페라하우스야. 저기 멋진 아치 모양의 다리는 하버브리지고. 시드니의 상징이지."

그때였다. 뭔가를 발견한 털다가 갑자기 돌진했다. 그 모습을 보고 미소를 짓던 콩콩이가 갑자기 크게 소리쳤다.

"털다. 안 돼. 가면 안 돼."

털다가 앞에 보이는 물고기를 잡으려 하는 순간, 빠른 속도로 쫓아온 콩콩이가 털다를 들이받았다. 옆으로 튕겨 나간 털다가 놀란 눈으로 콩콩이에게 항의했다.

"오빠, 왜 그래? 모처럼 막 사냥에 성공하는 순간이었는데."

콩콩이가 말없이 털다에게 반대쪽을 보여 주었다. 웬 기다란 막대기가 연결되어 있었다. 콩콩이가 심각한 표정으로 말했다.

"털다야. 이건 낚싯대야. 아마 누군가가 낚시하다가 놓친 것 같아. 이 물고기는 입에 날카로운 바늘이 걸려 있어. 너도 이것을 물면 네 입도 바늘에 걸려서 절대 안 빠져."

낚싯대를 처음 본 털다는 얼떨떨한 표정이었다. 아직도 상황을 확실히 이해하지 못한 것 같았다. 콩콩이가 다시 타이르듯이 말했다.

“이 세상에 공짜는 없어. 사냥이 이런 식으로 쉬워 보이면, 일단 의심해야 해. 우리를 잡아먹으려는 상어나 범고래 같은 동물들도 조심해야 하지만, 이런 생각지도 못한 위험도 많아. 특히 떠다니는 그물이 위험해. 그게 눈에 잘 안 보이거든. 그런데 그물에 걸리면 우리 힘으로는 절대 빠져나오지 못하니까 정말 조심해야 해.”

틸다가 고개를 끄덕였다.

“오빠, 고마워. 정말 배워야 할 게 많네.”

그러면서 스스로 다짐하듯이 말했다.

“수족관은 안전하고 먹을 것 걱정이 없는 곳이지. 여기는 자기 스스로 먹을 것을 구해야 하고, 위험한 것도 많아. 그렇지만 절대 안 돌아갈 거야. 여긴 나를 위한 박수갈채는 없지만, 대신 자유가 있으니까.”

우리는 시드니를 떠나 북쪽으로 계속 헤엄쳤다.

월칭 마틸다

호주에는 마틸다라는 이름이 등장하는 노래가 있습니다. 바로 '월칭 마틸다(Waltzing Matilda)'라는 노래인데 우리나라의 아리랑에 해당하는 호주의 국민가요입니다. 호주에서는 제2의 국가라 할 정도로 사랑을 받는 곡입니다. 음악은 경쾌하지만, 노래의 배경은 슬픈 이야기입니다. 가난하지만 자유로운 방랑자가 여행하다가 만난 양을 여행 동반자로 삼아 훔치게 되고, 경찰과 농장주인에게 쫓겨 도망가다가 연못에 빠져 죽게 됩니다. "너희는 나를 산 채로 잡아갈 수는 없어"라고 외치면서요.

이민 초기의 호주는 가난했고 공권력은 폭력적이었습니다. 거대한 농장을 가진 대지주의 편에 선 정부의 억압에 저항하고 자유를 갈망하는 그 당시 호주인들의 정서를 국민 시인인 밴조 패터슨(10호주달러 지폐에 새겨진 인물)이 가사를 썼고, 후에 곡을 붙인 것입니다. 지금의 호주는 세계적으로 알아주는 모범적인 민주주의 국가이지만, 과거에는 그렇지 못했습니다.

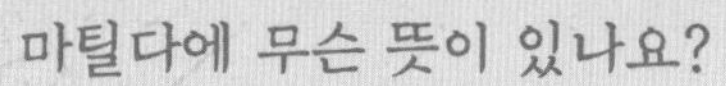

마틸다에 무슨 뜻이 있나요?

보통 마틸다를 여자 이름으로 알고 있지만, 호주 방언으로 '침낭을 맨 떠돌이'의 뜻이라 합니다. 마찬가지로 월칭도 왈츠(춤)가 아니고 걷는다(walking)는 뜻이지요. 즉 '춤추는 마틸다'가 아니고 '씩씩하게 걷는 떠돌이'라는 뜻입니다. 행사 때 이 노래가 나오면 남녀노소 모두가 흥겹게 합창하는 호주사람들의 최고 애창곡입니다.

WALTZING MATILDA

AUSTRALIAN

BUSH SONG

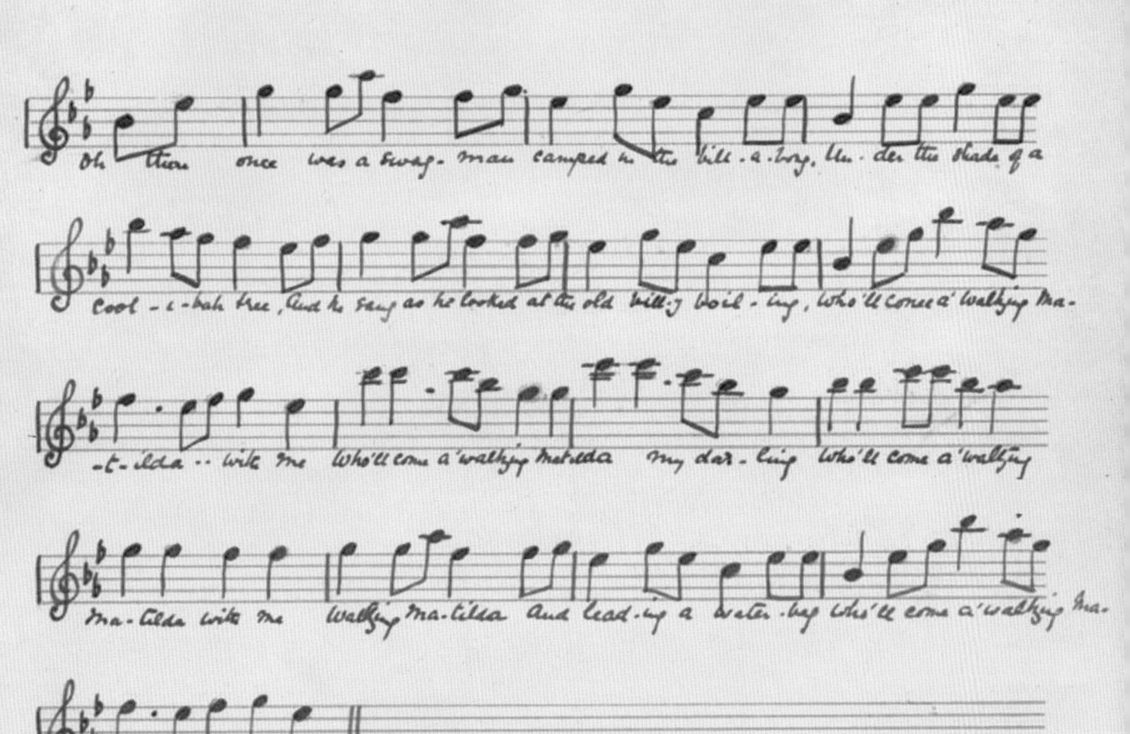

탕갈루마

우리가 헤엄치는 해안을 따라 멋진 모래사장이 끝없이 펼쳐졌다. 해수욕장이 너무 많아서 숫자를 헤아릴 수도 없었다. 눈부시게 하얀 해변을 따라 몇 날 며칠을 달리던 어느 날, 신기루처럼 거대한 도시가 나타났다. 엄청나게 긴 모래사장 뒤로는 고층 건물이 즐비했다. 그곳은 우리가 지나온, 호주에서 가장 크다는 시드니보다도 더 화려했다. 콩콩이가 말했다.

"야호! 우리가 마침내 골드코스트에 도착했다. 여긴 호주에서 제일 유명한 휴양지야. 이제 조금만 더 가면, 천천이를 만날 수 있을 거야."

틸다가 물었다.

"오빠, 잠깐만. 그게 얼마만큼인데?"

콩콩이가 아무렇지도 않다는 듯이 대답했다.

"천오백 킬로미터쯤 더 가야 할 걸? 그리 안 멀어."

틸다가 질렸다는 듯이 대답했다.

"시드니에서 여기보다도 더 머네. 어휴 힘들어."

수족관에서만 지내던 틸다는 장거리 여행을 힘들어했다. 콩콩이가 일부러 천천히 수영했지만 그래도 아직 익숙하지 않은지, 중간에 여러 차례 쉬자고 했다. 콩콩이가 좀 쉬어 가자고 하려는 순간, 앞에 날렵한 돌고래 한 마리가 나타났다. 콩콩이가 먼저 인사를 했다. 그 돌고래도 우리를 보고 자기소개를 했다.

"안녕. 만나서 반갑다. 나는 루나야. 삼총사는 소문 들어서 잘 알고 있지. 그리고 틸다 너는 태즈메이니아 출신이라고? 멀리서 왔네."

루나의 나이는 콩콩이와 같았는데, 뭔가 더 세련되고 여유 있어 보였다. 틸다는 루나를 오빠라고 부르면서 반가워했다. 그 순간, 콩콩이에게 당혹스러운 표정이 스쳐 지나갔다. 루나도 틸다의 과거를 듣고 안타까운 마음이 드는지, 친절하게 여기저기 안내했다. 그러다가 생각난 듯이 우리에게 엉뚱한 제안을 했다.

"우리 저녁 같이 먹지 않을래? 멋진 레스토랑이 있어."

우리는 반신반의했지만, 루나를 따라나섰다. 조금 더 가니 기다란 섬이 보였다. 섬은 거의 모래로 되어 있었다. 루나가 자랑스럽게 말했다.

"모튼섬이야. 여기에 유명한 리조트가 있는데 탕갈루마라고 해. 거기에

식당이 있어.”

깜짝 놀란 틸다가 콩콩이 뒤에 숨었다.

“안 돼. 사람들이 있다는 소리잖아. 우리 엄마 아빠처럼 나를 잡아갈지도 몰라.”

틸다가 벌벌 떨었다. 루나가 미소를 지으면서 말했다.

“조금도 걱정할 것 없어. 여기는 30년 전부터 운영되는 곳이야. 우리 할아버지 할머니 때부터 시작했는데 우리 가족 모두가 와. 아주 안전한 곳이고 우리를 보호해 주는 사람들이야. 그간 아무런 사고도 없었어.”

그래도 불안해하는 틸다를 콩콩이가 달랬다.

“틸다야, 걱정 안 해도 돼. 내가 살던 상어만에도 비슷한 시설이 있어. 야생 돌고래에게 먹이를 주는데, 좋은 사람들이야. 아주 안전해. 정 네가 무서우면 내가 같이 가 줄게.”

틸다를 안심시키려고 루나가 한마디 더 했다.

“여기는 대학의 연구 시설이기도 해. 야생 돌고래를 연구하는 대학 연구원들이 관리하는 곳이야. 돌고래마다 담당하는 연구원이 따로 있어. 내가 새로운 친구를 데려가면 아주 환영할 거야.”

조금 있으니, 다른 돌고래들이 모여들기 시작했다. 루나가 대부분 자기 사촌들이라며 일일이 인사시켰다. 틸다는 다른 돌고래들과 어울리더니, 그제야 안심이 되는 듯한 표정이었다. 시간이 되자, 모두 리조트 쪽으로 몰려갔다. 우리는 루나를 따라갔다.

돌고래에게 먹이를 주는 곳의 물은 얕았지만 헤엄치는 데 지장은 없었다. 연구원들이 긴 장화를 신고 일렬로 서서 생선을 들고 돌고래를 기다리는 게 보였다. 돌고래별로 담당 연구원이 따로 있어서, 각자 알아서 찾아간다고 했다. 틸다를 본 루나 담당 연구원이 환호성을 질렀다. 다른 연구원들이 우르르 모여들었다. 나와 콩콩이는 조금 떨어진 곳에서 지켜보고 있었다.

"우아. 루나가 친구를 데려왔네. 환영한다. 그런데 새로 왔으니 이름을 지어 주어야 할 텐데. 뭐라고 할까?"

그러다가 루나 담당 연구원이 틸다를 살펴보더니, 동료들에게 소리를 질렀다.

“잠깐. 여기 스캐너 가져와 봐. 얘한테 뭔가 칩 같은 게 있는 것 같아.”

다른 연구원이 가져온 휴대용 스캐너를 틸다에게 갖다 대고는 탄성을 질렀다.

“오, 세상에. 얘가 바로 마틸다야. 얼마 전 태즈메이니아 수족관에서 방류했다는 돌고래 중 하나지. 태즈메이니아에서 여기까지 오다니 정말 놀랍다. 혼자서 온 것 같은데, 그 먼 거리를 어떻게 왔을까? 게다가 아주 건강해 보여. 야생에 완전히 적응했다는 증거네. 이건 기적이야.”

여기저기서 환호성과 박수가 터져 나왔다. 연구원들과 관광객들이 몰려들었다. 물이 얕아서, 틸다는 물속에서도 자기를 쳐다보는 호기심이 가득한 사람들의 표정을 볼 수 있었다. 틸다의 긴 여정을 진심으로 축하해 주는 마음이 느껴졌다. 틸다는 모처럼 느긋하게 식사를 즐겼다. 내일도 오라는 연구원들의 환송을 받으며, 틸다와 루나가 우리에게 다가왔다. 틸다의 표정이 개선장군처럼 상기되어 있었다. 콩콩이가 말을 걸었다.

“틸다야, 어땠어? 좋았어?”

아직도 흥분에서 깨어나지 못한 틸다가 대답했다.

“너무 행복했어. 이렇게 진심이 담긴 환영을 받은 건 처음이야.”

나는 틸다의 대답에 뭔가 미묘하게 변하는 콩콩이의 눈빛을 보았다. 콩콩이가 조금 망설이다가 조심스럽게 말했다.

“너, 내일도 갈 거니?”

틸다가 망설임 없이 대답했다.

“물론.”

너무나 즉각적인 반응에 난감한 표정의 콩콩이가 말했다.

"우리 함께 대보초에 가기로 했잖아? 여기서 며칠 더 머물다 갈까?"

초조해 보이는 콩콩이의 표정에서 뭔가를 눈치챈 틸다가 결심한 듯이 말했다.

"콩콩이 오빠, 난 여기가 좋아. 물도 적당히 따뜻하고 경치도 좋고. 그리고 루나 오빠의 사촌 돌고래들도 많아서 심심하지 않고."

콩콩이는 어떻게든 틸다의 마음을 돌려 보려고 애쓰고 있었다. 갑자기 말까지 더듬었다.

"그그그 그럼, 여기에 정착하겠다는 뜻이니? 여긴 너무 인위적이잖아. 진정한 야생이 아니야. 너는 사람들을 피해서 자유를 찾아 나온 것 아니었어?"

틸다가 미안해하는 표정을 지었다.

"오빠 말도 일리가 있어. 하지만 여기도 나름대로 자유가 있어. 내가 싫으면 탕갈루마에 안 가도 되고, 가고 싶으면 갈 수 있는 선택의 자유. 수족관에서는 내 마음대로 할 수 있는 게 아무것도 없었지. 거기 조련사들은 나에게 친절하게 잘 대해 줬지만, 그건 내가 돌고래쇼를 해야 하는 수족관의 대표적인 상품이었기 때문이야. 내가 점프해서 고리를 통과할 때마다 상으로 물고기를 받았지만, 그만큼 하기 위해서 얼마나 긴 시간 동안 연습을 했는지 몰라. 공연이 끝나고 사람들이 썰물처럼 빠져나간 쓸쓸한 수족관을 보며 수많은 박수갈채도 의미 없다는 것을 깨달았지."

틸다는 할 말이 더 있는지 잠시 말을 끊었다가 이어갔다.

"나는 수족관에 있을 때 사람들을 믿지 않았어. 별로 좋아하지도 않았지. 사람들이란 우리를 이용해 돈만 버는 이기적인 존재라고만 생각했어. 하지만 이제는 좋은 사람도 많다는 것을 알았어. 나를 풀어 준 동물 애호가 단체 사람들도 그렇고, 여기 탕갈루마 연구원들도 그래. 오늘 처음 봤지만, 그 사람들에게 호감을 느꼈어. 다들 너무 친절하고 나를, 아니 돌고래를 진정으로 사랑하는 것 같아. 여기에 얼마나 더 오래 있을지는 모르지만 나도 나름대로 사람들을 보고 느끼고 싶어. 우리에게 얼마나 진심인지를."

루나는 난처한지 옆에서 틸다의 말을 들으면서 아무 말도 하지 않았다. 그러면서도 흘끗 콩콩이의 눈치를 보았다. 나는 충격을 받은 콩콩이를 위로해야겠다고 생각했다. 하지만 일단 이 상황을 수습하는 게 먼저였다.

"틸다야 우리는 네 선택을 존중할께. 네 생각대로 여기서 새로운 생활을 개척해 봐. 사실 우리는 갈 길이 멀어. 겨우 전체 여정의 절반 정도가 끝났으니까. 우리랑 계속 같이 가야 할 이유는 없지."

틸다의 작별 인사에는 콩콩이를 향한 애틋한 마음이 그대로 묻어났다.

"콩콩이 오빠, 고마워. 그리고 시아도. 오빠의 도움이 없었으면 나는 아직도 태즈메이니아에서 불안하게 살고 있었을 거야. 물론 탕갈루마는 오지도 못했을 거고. 오빠가 내게 새로운 길을 열어 준 셈이지. 오빠도 여기에서 같이 살면 좋겠지만, 그건 불가능하겠지?"

틸다가 머뭇머뭇 마지막 인사를 했다.

"절대 잊지 못할 거야. 사랑해."

그러면서 콩콩이 뺨에 가벼운 뽀뽀를 했다. 겨우 제정신이 돌아온 콩콩이가 멍한 표정으로 틸다에게 행복하기를 바란다고 짧게 작별 인사를 했다. 그렇게 우리가 탕갈루마를 떠나려 뒤돌아서는 순간, 저 멀리 너무나 익숙한 모습이 보였다.

호주에 야생돌고래급식소가 있나요?

네, 본문에 나온 두 곳이 유명해요.
첫 번째는 시아와 콩콩이가 사는 호주 서부의 상어만 몽키미아의 리조트에 있고, 두 번째는 콩콩이와 마틸다가 가슴 아픈 이별을 한 탕갈루마에 있어요. 관광객들 중 지원해서 돌고래에게 먹이를 줄 수는 있지만 몇 가지 규칙을 지켜야 해요. 손에 로션도 바르면 안 되고 반지도 빼야 하지요. 혹시라도 돌고래에게 해가 되지 않도록 하는 보호조치입니다.
이곳은 호주 퀸즐랜드대학에서 연구 목적으로 체계적으로 관리하고 있으며, 모든 돌고래에 이름을 붙이고 건강 상태 등을 살피고 있어요. 방문하는 돌고래들이 서로 친척 관계인 것도 알아냈지요. 돌고래는 영리해서 자신을 관리하는 연구원을 알아보고 담당 연구원이 서 있는 곳을 찾아가고, 먹이를 주면 물속에서 눈을 맞추고 꼬리를 치기도 해요.

몽키미아 리조트

호주 서부의 상어만 몽키미아의 리조트에서
매일 오전에 야생 돌고래에게 먹이를 주고 있어요.
시간이 되면 돌고래 여러 마리가 몰려오는데
관광객들이 죽 둘러서서 구경하지요.
관리하는 사람들이 관광객 중에서 몇 사람 선택해서
먹이를 주게 합니다.

야생돌고래급식소

상어만

모튼섬

탕갈루마 리조트는 시드니 북쪽으로
약 1,000km 떨어진 모튼섬에 있어요.
과거에 이 섬을 방문한 돌고래에게 우연히 먹이를 주다가
사람과 친해진 돌고래가 친구들과 함께 방문하게 되고
점점 숫자가 늘어나, 지금은 여러 마리가
저녁마다 방문하고 있어요. 숫자는 매일 조금씩 다릅니다.
야생이지만 그간 신뢰가 쌓여, 인간을 무서워하지 않지요.
돌고래가 섬의 주민이 된 셈이에요.
최초로 왔던 돌고래는 이미 수명을 다해 세상을 떠났지만,
지금은 손자 돌고래가 올 정도로 오랜 전통을 자랑한답니다.

탕갈루마 리조트

세상에서 제일 무서운 동물

멀리서 여유롭게 우리에게 다가오는 친숙한 친구, 바로 천천이였다. 우리는 너무 반가워 어쩔 줄 몰랐다. 내가 먼저 말했다.

"천천아, 너무 반가워. 그런데 여긴 왜 왔어? 지금쯤 대보초에 있어야 하는 것 아니야? 이미 알 낳고 온 거야?"

천천이는 내 총알 같은 질문을 못 들은 척, 콩콩이에게 위로의 말부터 건넸다.

"콩콩아, 내가 어쩌다 봤는데 너무 실망하지 마. 틸다를 사랑한 것 같은데, 걔는 너랑 안 맞아. 너는 세상 돌아다니기 좋아하는 그야말로 타고난 야생의 모험가지만, 틸다는 달라. 사람들 사이에서 컸고, 도시 생활이 더 익숙하다는 뜻이지. 너처럼 모험을 즐기는 체질이 아니야. 그리고 가족이 없어 외로웠는데, 루나의 사촌들에게서 가족의 따뜻함을 느꼈을 거야."

역시 지혜로운 천천이다운 충고였다. 그래도 여전히 충격에서 완전히 벗어나지 못한 콩콩이에게 본의 아니게 결정타를 날렸다.

"너, 여기서 남이 주는 공짜 밥 먹으면서 살 생각 없잖아?"

천천이가 무심코 던진 공짜 밥이라는 말에 상어만에서 비만이 됐던 것이 생각났는지, 얼굴이 빨개진 콩콩이가 고개를 끄덕거렸다.

"고마워 천천아. 역시 친구가 제일이네. 이제야 정신이 드는군. 네 말이 맞아. 내가 여기서 살 생각이 없듯이, 틸다도 가 본 적 없는 머나먼 상어만에서 새롭게 적응하는 게 두려웠겠지. 여기가 대도시라면, 상어만은 틸다에게는 거친 야생의 아웃백이나 마찬가지일 거야. 물론 내가 여기에 남는다 해도 공짜 밥 먹으려 탕갈루마에 갈지, 안 갈지는 나도 몰라. 하지만 여기 살다 보면, 그게 편하니까 매일 갈 것 같기도 해. 나도 모르게 내 자유가 제한되는 거지. 아마 이런 여행도 귀찮아서 안 하게 될 걸. 하지만 나는 여행하는 즐거움은 무엇과도 바꾸지 않을 거야."

천천이는 콩콩이가 평소의 모습으로 돌아와 안심했다는 듯이 조용히 미소를 지었다. 콩콩이가 갑자기 생각 난 듯 물었다.

"그런데 천천아, 여기는 웬일이야? 우리가 여기 있는 건 어떻게 알았어?"

천천이가 허탈한 표정을 지었다.

"대보초에서 알을 낳으면 문제가 생길 것 같아서 이리로 왔지. 여긴 대보초보다 남쪽이라 더 선선하니까. 그리고 야생 돌고래 집합소니까, 호기심 많은 너희가 방문할 것으로 짐작했지."

문제가 있다는 말에 우리가 놀라는 표정을 보고, 천천이가 이유를 설명했다.

“우리 거북이는 알에서 부화할 때, 주변의 온도에 따라 암수가 결정돼. 온도가 따뜻하면 암컷이 되고, 차가우면 수컷으로 태어나. 대보초가 너무 따뜻해져서 지금 거기서 알을 낳으면, 거의 전부가 암컷이 되는 거지. 그래서 선선한 곳을 찾아 여기까지 왔고, 어제 여기서 이미 알을 낳았어.”

나는 깜짝 놀랐다.

“아니, 닭처럼 알이 생길 때 이미 암수가 정해지는 것 아닌가? 주변 온도에 따라 결정된다고? 그거 정말 희한하네.”

천천이가 웃으면서 여유 있게 말을 받았다.

“우리가 닭보다 한 수 위거든.”

하지만 그 설명에 고개를 갸우뚱거리던 콩콩이가, 여전히 이상하다는 듯이 다시 물었다.

“그러면 다른 거북이들도 너처럼 좀 더 선선한 곳에서 알을 낳으면 되잖아?”

천천이가 한숨을 쉬었다.

“우리는 원래 각각 알을 낳는 장소가 정해져 있어. 조상 대대로 같은 곳에서 알을 낳지. 나는 세상 경험이 많아서, 더운 곳을 피해 이리로 왔지만. 다른 친구들은 그럴 줄 몰라. 그냥 예전에 갔던 장소로 다시 가지. 만약 지금 상태로 지구 온도가 올라가면, 얼마 지나지 않아 바다에 온통 암컷 거북이만 득실거릴 거야. 그러면 어떻게 되겠어?”

너무 놀라운 말에, 나와 콩콩이의 표정이 근심스럽게 변했다.

콩콩이가 침묵을 깼다.

"도대체 왜 온도가 오르는 거야? 누구의 짓이지? 내가 혼내 줄 거야."

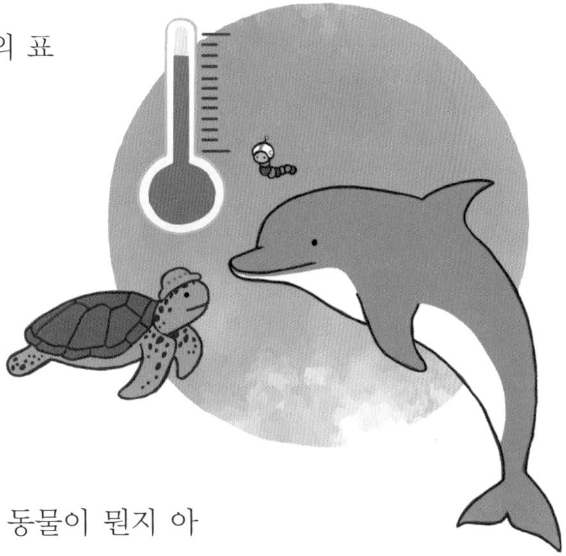

천천이가 대답 대신에 거꾸로 질문을 던졌다.

"콩콩아, 세상에서 제일 무서운 동물이 뭔지 아니?"

콩콩이가 당연하다는 듯이 바로 대답했다.

"우리한테는 상어나 범고래 같은 동물이 제일 무섭지. 그건 너도 마찬가지잖아. 잘 알면서 왜 물어?"

천천이가 진지한 표정으로 말했다.

"상어보다 훨씬 더 무서운 동물이 있어. 그게 좀 전에 했던 네 질문에 대한 답이야."

콩콩이가 이해할 수 없다는 표정을 짓자, 천천이가 울분을 토하듯이 말했다.

"'세상에서 제일 무서운 동물'은 인간이야. 인간은 낚시나 그물로 우리를 위협하기도 하지만, 더 무서운 괴물을 만들었지. 바로 지구 온난화야. 그래서 기상이변 때문에 태풍, 홍수, 가뭄 등 세상이 온통 난리지."

천천이는 더욱 힘을 주어 말했다.

"지구 온난화로 인한 진짜 위기는 바다야. 바닷물 온도가 계속해서 오르고 있지. 사람들은 자기네가 사는 육지의 기후변화에는 심각하게 위기의식을 갖지만, 바다에는 관심이 없어서 잘 모르고 있어. 그런데 바다가 육지보다 훨씬 더 커. 두 배도 넘지. 그래서 바다는 육지보다 온도가 더 느리게 올라. 그러니 바다 온도가 오른다는 건, 지구 전체가 이미 달궈졌다는 뜻이지."

천천이는 더 암울한 말을 덧붙였다.

"지구 온난화는 빙하를 녹여서 해수면을 올라가게 해. 그러면 우리가 낳은 알이 물에 잠겨 썩게 되지. 우리가 알을 낳을 수 있는 곳이 점점 사라져 가고 있어."

나는 고개를 끄덕거렸다.

"맞아. 로트네스트섬에서 만난 쿼카도 해수면이 올라온다고 걱정했지. 빙산에서 만난 펭귄 델리도 비슷한 말을 했었어. 빙산이 녹아서 남극에서 자꾸 떨어져 나온다고. 남극처럼 추운 곳도 따뜻해졌다는 증거네."

천천이가 공감한다는 표정을 지으면서 내 말을 받았다.

"지구 온난화는 서서히 진행되지만, 우리에겐 그것보다 더 즉각적이고 실제적인 위험이 있어. 바로 사람들이 버린 플라스틱이야."

나는 그 이야기를 듣는 순간, 알바가 한 말이 떠올랐다.

"우리가 만난 알바트로스도 같은 말을 하던데, 그게 다 인간 탓이었구나. 그런데 거북이도 마찬가지니? 너희같이 똑똑한 친구들도 당한 거야?"

천천이의 대답은 알바의 말과 거의 같았다.

"우리는 주로 해초를 먹지만, 해파리도 좋아해. 바다 표면에 둥둥 뜬 비닐봉지나 플라스틱을 바닷속에서 보면, 햇빛 때문에 맛있는 해파리로 보여. 아무리 조심하려 해도 구별이 잘 안돼. 이미 내 친구들 여럿이 죽었어. 나도 몇 개 먹었는가 봐. 만성 소화불량이야."

우리는 할 말이 없어졌다. 조금 후에 침묵을 깨고 내가 말했다.

"인간이 '세상에서 제일 무서운 동물'인 건 맞네. 그러면 우리에게는 희망이 없는 거야? 인간은 똑똑하니까 이 문제를 해결하지 않을까?"

내 질문을 들은 천천이의 표정이 묘했다.

"인간은 능력이 있어. 대자연의 힘에 비하면 미약하지만, 나름 자연을 조절할 줄 알지. 과학기술을 이용해 남극 주변에 생긴 커다란 오존층 구멍을 조금씩 메꿔 가는 중이야. 새로운 물질을 개발해서 해결했지. 물론 아이러니하게 그 구멍을 만든 것도 당연히 인간이었지만."

우리가 무슨 소린지 잘 모르겠다는 표정을 짓자, 천천이가 다시 설명을 덧붙였다.

"오존층은 태양에서 오는 자외선을 막는 역할을 해. 오존층에 구멍이 나면 자외선이 강해져서 지구에 사는 모든 생명체가 위험해지지. 물론 인간도 그 안에 포함되지. 자외선이 강해지면, 암에 걸릴 확률이 높대."

나는 더욱 이해가 가지 않았다. 다시 물었다.

"인간이 자기가 만든 문제를 이런 식으로 풀어 갈 줄 안다면, 지구 온난화 문제도 쉽게 해결되지 않을까?"

천천이는 회의적이었다.

"지구 온난화는 해결이 쉽지 않아. 모두가 자기 이익을 양보해야 하는데, 그게 가능할까? 석탄이 석유나 가스보다 더 싼데, 지구 온난화를 해결하기 위해 더 비싼 연료를 쓰자고 하면 그게 될까? 물론 필요성에 동의는 하겠지. 해결책도 만들 거고. 하지만 실제로 지킬까? 혁명적이고 싼 친환경 에너지가 개발되지 않는다면, 서로 미루다가 시기를 놓칠지도 몰라. 이미 늦었을지도 모르고."

우리의 떨떠름한 표정을 보고, 천천이가 작심한 듯이 말을 이어갔다. 아마 이게 진정으로 하고 싶었던 말인 것 같았다.

"문제는 인간이 이기적인 존재라는 거야. 예전에는 자신들의 행동이 환경을 파괴한다는 것도 몰랐지. 환경이라는 개념도 없었으니까. 하지만 지금은 문제가 무엇인지, 어떻게 하면 해결할 수 있는지를 너무도 잘 알고 있어. 진짜 문제는, 이를 애써 외면한다는 거지. 자신들이 여태 쌓아 올린 것을 포기해야 하니까. 달리기 일등이 자기는 항상 일등을 한다고 해서, 뒤에서 열심히 쫓아 오는 이등, 삼등에게 한 번이라도 양보하겠어?"

콩콩이가 끼어들었다.

"그래도 나는 인간을 믿어. 아니 믿고 싶어. 틸다를 가둔 것도 인간이지만, 풀어 준 것도 인간이잖아. 탕갈루마에서 야생 돌고래를 보호하는 것도 인간이고. 기후변화도 인간이 벌인 일이니, 그들이 해결하겠지."

하지만 천천이는 여전히 부정적이었다.

“그건 우리의 희망 사항일 뿐이지. 그러나 인간들이 알아야 할 게 있어. 우리 조상은 아주 오래전인 1억 5천만 년 전부터 지구에 살았어. 거북이는 공룡과 같은 파충류이지만, 중생대 말에 공룡들이 멸종한 운석 충돌에도 살아남았지. 그 당시 엄청난 충격으로 육상생물이 거의 다 사라졌어. 지구 온난화로 멸종 위기라고 하지만, 우리는 어떻게든 살아남을 거야. 그런 가혹한 환경도 극복했으니까 말이야. 아마 이대로 가면 인간이 먼저 멸종할 걸? 하긴 그러기 전에 그 똑똑한 인간들이 해결책을 찾을 수도 있겠지.”

나는 갑자기 이상한 생각이 들었다. 천천이가 똑똑한 인간이라는 표현 앞에 ‘그’ 자를 넣은 게 뭔가 께름칙했다.

“천천아. ‘그 똑똑한 인간의 해결책’이란 게 뭐야? 설마?”

천천이가 고개를 끄덕였다.

“인간이 다른 별로 이주할 거냐는 질문이지? 어느 정도 가능성이 있을 것 같지 않니?”

깜짝 놀란 콩콩이가 소리 질렀다.

“뭐라고? 그럼 우리는 여기에 버리고?”

천천이가 미소를 지었다.

“정말 그런다면 우린 오히려 좋지. 기후변화도 자연스럽게 해결될 테니까. 무엇보다도 더 이상 플라스틱 해파리는 안 먹게 되겠지. 탕갈루마 무료 급식소는 없어지겠지만. 하하하.”

듣고 보니, 독설 같지만 틀린 이야기는 아니었다. 그러나 뭔가 허전했다. 탕갈루마 급식소 이야기에 콩콩이가 자기도 모르게 소리를 쳤다.

"안 돼! 거긴 없어지면 안 돼."

그리고는 우리를 쳐다보며 겸연쩍은 웃음을 지었다.

천천이는 콩콩이의 반응에 빙그레 미소를 지었다. 그리고 너무 심한 이야기를 했다고 생각했는지, 자기 말을 수습했다.

"물론 나도 실제로 그렇게 되기를 원하는 건 아니야. 우린 어차피 인간들과 공존해 왔으니 좋든 싫든 함께 살아가야 하겠지. 어쩌면 그게 가능할지도 몰라. 정말 어떻게든 자연을 살려 보려고 노력하는 사람들도 많으니까."

그러면서 말을 이어갔다.

"아주 좋은 예가 있어. 호주 대보초는 생명체들에게 아주 중요한 곳이야. 많은 생물이 산호와 공존하고 있지. 지구의 허파이기도 하고. 여기도 온난화 때문에 산호가 죽어 가고 있었는데, 정부가 엄청난 노력을 했어. 아무나 접근 못 하게 하고 보호했지. 그런 다음 환경 변화가 산호초에 미치는 영향을 연구했어. 그리고 손상된 산호초의 치유를 위한 노력도 했어. 덕분에 아직 갈 길이 멀기는 하지만, 조금 좋아졌어. 아니, 정확히 말하면, 나빠지는 속도가 늦춰졌지. 이 정도만 해도 대성공이야. 답을 찾았다고 할까? 이것도 아까 오존층 회복과 비슷한 성공 사례일 수도 있겠지. 이런 게 우리 착한 콩콩이가 생각하는 인간의 긍정적인 면이지."

내가 얼른 화제를 바꾸었다. 이런 골치 아픈 이야기에서 조금 벗어나고 싶었다.

“어서 현장을 안내해 줘. 어차피 여기서 호주 북쪽을 돌아 상어만으로 돌아가려면 대보초를 거쳐야 하잖아. 거기 산호초가 그렇게 예쁘다는데 꼭 보고 싶어.”

천천이도 기분 전환하고 싶었는지 신나게 외쳤다.

“오케이. 길잡이 천천이 출발합니다. 나를 따라오세요.”

콩콩이와 천천이가 동시에 나를 쳐다봤다. 나는 언제나처럼 콩콩이 콧등에 올라타서 힘차게 소리쳤다.

“삼총사 출발. 대보초로, 그리고 그리운 고향으로!”

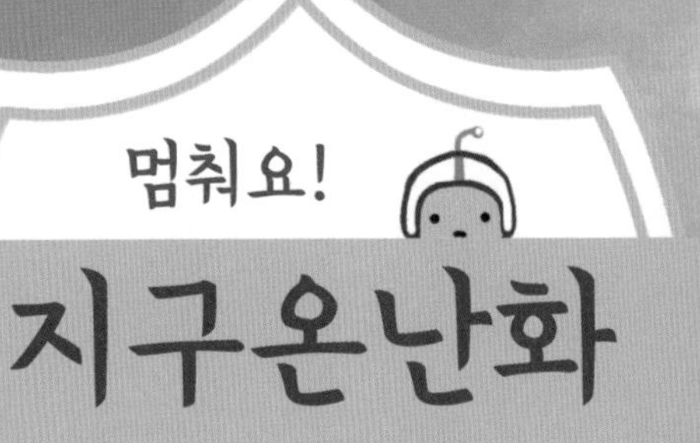

멈춰요!

지구온난화

Global Warming

지구온난화란?

지구온난화는 대기 중에 쌓이는 온실가스가 지구를 점점 더 뜨겁게 만들면서 기후 변화를 초래하는 현상을 말해요. 이는 빙하가 녹고, 해수면이 상승하며, 이상기후 현상이 발생하는 원인이 돼요. 호주는 기후 변화에 특히 민감한 지역으로, 산불, 산호초 파괴, 해수면 상승 등 심각한 영향을 받고 있어요.

호주 산불

2019년 인도양 동쪽과 서쪽의 온도 격차가 무려 2℃나 벌어지고
바다의 수온도 바뀌면서
엄청난 열에너지의 흡수와 방출이 일어났어요.
이로 인해 호주에는 재앙적인 산불이 발생하는데
이때 호주의 유칼립투스 숲이 폐허가 되면서
호주의 대표 동물인 코알라가 멸종위기종이 되었어요.

CH_4 N_2O CO_2

N_2O CH_4 CO_2

온실가스란?

온실가스(GHG)는 대기 중에서 열을 가두는 기체로, 이산화탄소(CO_2), 메탄(CH_4), 이산화질소(N_2O) 등이 있습니다. 주로 화석 연료, 공장, 농업 및 축산업에서 배출되고 있어요. 호주의 대규모 축산업은 메탄 배출의 큰 원인 중 하나라고 해요.
이로 인해 가축 산업이 지구 온난화를 가속시키는 중요한 요소가 되었지요.
이를 줄이기 위해 과학자들은 소의 먹이를 바꿔 메탄 배출을 줄이는 방법이나, 메탄을 적게 배출하는 사육 방식을 연구하고 있어요.

N_2O

CO_2

CH_4

탄소중립이란?

탄소중립(Net Zero)은 온실가스 배출량을 줄이고, 남은 배출량을 상쇄해 순 배출을 제로로 만드는 것이에요. 이를 위해 재생에너지 사용 확대, 산림 복원, 친환경 기술 개발 등이 필요해요. 호주는 2050년까지 탄소중립 목표를 설정하고, 재생에너지 발전을 강화하고 있어요. 하지만 아직도 화석 연료 사용 의존도가 높아요.

지구온난화를 줄이기 위한 우리의 노력

1. 온실가스 배출을 줄여야 해요.
2. 로컬푸드를 활성화 시켜야 해요.
3. 산림을 가꾸고 보호해야 해요.
4. 플라스틱 사용을 줄여야 해요.
5. 에너지를 절약해야 해요.
6. 친환경 과학 기술을 개발해야 해요.
7. 전 세계가 국제협력으로 다같이 노력해야 해요.

안녕, 마틸다